Ruth Rendell

Stirb glücklich!

Aus dem Englischen
von Cornelia C. Walter

GOLDMANN VERLAG

Originaltitel: The Copper Peacock And Other Stories
Originalverlag: Hutchinson, London

Umwelthinweis:
Alle bedruckten Materialien dieses Taschenbuches
sind chlorfrei und umweltschonend.
Das Papier enthält Recycling-Anteile.

Der Goldmann Verlag
ist ein Unternehmen der Verlagsgruppe Bertelsmann

Genehmigte Taschenbuchausgabe 8/95
© der Originalausgabe 1991 by Kingsmarkham Enterprises Ltd.
The right of Ruth Rendell to be identified as Author of
this work has been asserted by Ruth Rendell in accordance
with the Copyright, Designs and Patents act, 1988
All rights reserved
© der deutschsprachigen Ausgabe 1992
by Wilhelm Goldmann Verlag, München
Umschlaggestaltung: Design Team München
Umschlagbild: Carl Begas
Satz: IBV Satz- und Datentechnik GmbH, Berlin
Druck: Elsnerdruck, Berlin
Verlagsnummer: 5843
RK · Herstellung: sc
ISBN 3-442-05843-0

1 3 5 7 9 10 8 6 4 2

Für Don

Inhaltsverzeichnis

Zwei gelbe Lilien

Eine berühmte, noch junge Modeschöpferin, die sich durch die Herstellung des Brautkleides für eine Prinzessin einen Namen gemacht hatte, sollte vor dem Frauenverein, dessen Schriftführerin Bridget Thomas war, einen Vortrag halten. Sie war damit die zweite Sprecherin im Herbstprogramm, das dem Thema Erfolg und Aufstiegschancen für Frauen gewidmet war. Bridgets mehrmalige Anfragen nach Annie Carters Biographie, damit sie den Mitgliedern interessante Informationen zu ihrem Werdegang geben konnte, waren unbeantwortet geblieben. Bridget hatte mittlerweile sogar Zweifel, ob sie sich daran erinnern würde, in drei Wochen zu kommen und ihren Vortrag zu halten. Dazu gezwungen, ihre eigenen Nachforschungen anzustellen, war sie inzwischen in die Stadtbücherei gegangen, um Annie Carter in *Who's Who* nachzuschlagen.

Bridget hatte einen ziemlich unsicheren Job in einem kleinen, nicht besonders gutgehenden Buchladen. Sie war Mitte Dreißig, hatte ein recht hübsches, aber oft sorgenvolles, abgespanntes Gesicht und versprach sich, von der nun laufenden Vortragsreihe etwas lernen zu können. Da wurden vielleicht Erfolgsgeheimnisse vermittelt, Leistungsrezepte, womöglich der sichere Weg zum Wohlstand. Sie war immer knapp bei Kasse, finanzielle Sicherheit kannte sie nicht; sie hätte sich nie dazu verstiegen, von einem Annie-Carter-Modell zu träumen,

selbst wenn solch ein Kleidungsstück gleich zweimal
heruntergesetzt angeboten würde. Kleider waren kaum
eine Priorität und standen ganz weit unten auf der Liste
der lebensnotwendigen Dinge, die von Miete, Transport-
kosten und Lebensmitteln angeführt wurde, und zwar in
dieser Reihenfolge.

In der Bücherei fiel sie nicht auf. Sie war sowieso nie
die Art von Frau gewesen, nach der man sich umdrehte.
An diesem Mittwochabend, nachdem der Laden zur ge-
wohnten Zeit zugemacht hatte und die Bücherei länger
als sonst geöffnet war, konnten die paar Leute, die überhaupt darauf achteten, sie in einem langen schwarzen,
angestaubt wirkenden Rock sehen, einem T-Shirt in
einem etwas anderen Schwarzton – es war schon mindestens fünfzigmal gewaschen worden – und einer ärmello-
sen Jacke aus dunkelgestreiftem Baumwollstoff. Ihre
Schuhe waren schwarzsamtene chinesische Riemchen-
slipper, und ihre türkisfarbene Strumpfhose hatte ganz
unten an der linken Wade ein Loch, von dem sie aber
nichts wußte. Bridget hatte büscheliges, langes, helles
Haar, das sie aufgesteckt trug. Sie trug eine riesige
schwarze Ledertasche bei sich, geräumig, schwer und
voll mit unnützen Dingen. Das gab sie selbst bereitwillig
zu und sagte oft, sie wolle betreffs dieser Tasche Abhilfe
schaffen, kam jedoch nie dazu.

An diesem Abend befanden sich folgende Gegenstände
in der Tasche: mehrere zerknüllte Papiertaschentücher,
einige rosa, andere weiß, eine Spraydose mit »Wild
Musk«-Eau de Cologne, drei Kugelschreiber, eine Nagelschere, eine Nagelzange, eine Fahrkarte für das Londoner
U-Bahnnetz, eine Telefonkarte, ein Adreßbüchlein, ein
Wimperntuschestift, Farbton »Mitternachtsblau«, ein

Scheckheft, ein Notizbuch, eine Postkarte von einer Freundin aus dem Bretagne-Urlaub, ein Taschenrechner, eine Taschenbuchausgabe von Vasaris »Lebensläufe der berühmtesten Maler, Bildhauer und Architekten«, die Bridget schon immer mal lesen wollte, mit der sie aber nicht recht vorankam, ein Fläschchen Nasenspray, ein Schlüsselbund, ein Streichholzbriefchen, ein silberner Ring mit grünem Stein, wahrscheinlich Onyx, eine Pfauenfeder, die sie während eines Wochenendes im Häuschen von Bekannten in Somerset aufgelesen hatte, eine angebrochene Tafel Milchschokolade, eine Sonnenbrille und ihr Geldbeutel, der die einzige Kreditkarte enthielt, die sie besaß, dazu die Scheckkarte von ihrer Bank, ihren Bibliotheksausweis, ihren nie benötigten Führerschein und ungefähr siebzig Pfund in Fünf- und Zehnpfundscheinen. Außerdem etwa vier Pfund in Münzen.

Am vorhergehenden Abend war Bridget bei ihrer Tante zu Besuch gewesen. Das war der Grund, weshalb sie so viel Geld bei sich hatte. Bridgets Tante Monica war eine alte Dame, die nie geheiratet hatte und die ihr Bruder, Bridgets Vater, in seiner unverschämten Gefühllosigkeit als »alte Jungfer« bezeichnete. Bridget fand das unerhört und machte ihrem Vater deshalb Vorhaltungen, konnte ihm jedoch nicht begreiflich machen, was an diesem Ausdruck so beleidigend war. Obwohl Monica nie einen Ehemann gehabt hatte, war sie in anderen Lebensbereichen durchaus erfolgreich gewesen und hätte sich fast in Bridgets Liste weiblicher Erfolgstypen einreihen können, die vor ihrem Frauenverein sprechen durften. Eine Erbschaft, die sie klug angelegt hatte, versah sie mit einem beträchtlichen Einkommen, das sie, zusätzlich zu der Pension, beinahe zu einer reichen Frau machte.

Bridget nahm Monica Thomas' Geld ungern an. Zumindest redete sie sich das ein und meinte damit, daß sie das Geld recht gern wollte, sich aber als junge, gesunde Frau, die eigentlich selbst ausreichend für ihren Unterhalt sorgen müßte, ziemlich dafür schämte, von einer alten Frau, die genau das getan hatte und immer noch tat, Geld anzunehmen. Monica fragte sie regelmäßig, nicht bei jedem ihrer Besuche, aber oft genug, wie sie denn zurechtkam.

»Kommst gerade mal so über die Runden, stimmt's?« war der Ausdruck, mit dem sie diese Frage gewöhnlich formulierte.

Bridget spürte, wie eine kleine Welle der Erregung bei diesen Worten in ihr hochschwappte, denn sie wußte, daß sie das kommende Geldgeschenk ankündigten. Gleichzeitig schämte sie sich, über so etwas in Aufregung zu geraten. So, dachte sie, fühlen sich andere Frauen wohl in Erwartung einer Liebesnacht oder wenn sie merken, daß sie schwanger sind, oder wenn sie befördert werden. Und sie war aufgeregt, weil ihre alte Tante, ihre unverheiratete Tante, die in einer düsteren Wohnung in Fulham hauste, sich anschickte, ihr fünfzig Pfund zu schenken.

In ihrer typischen Art stimmte Monica sie ein. »Warum sollst du's nicht gleich bekommen, statt zu warten, bis ich nicht mehr da bin!«

Bridget lächelte dann gewöhnlich und sah zur Seite, oder wenn sie den Mut dazu hatte, bat sie ihre Tante, doch nicht vom Sterben zu sprechen. Einmal war sie sogar so weit gegangen zu sagen: »Ich komme doch nicht her, damit du mir Geld schenkst, weißt du«, aber noch während sie es aussprach, wußte sie, daß es ja stimmte.

Und Monica, die scharf erwiderte: »Und ich betrachte meine kleinen Geschenke doch nicht als Bezahlung für deine Besuche«, wußte genau, daß das auch stimmte und daß sie beide einen Handel miteinander machten, wohl berechnet zwar, aber durchsetzt mit Schuldgefühlen und Scham.

Bridget hatte immer das Gefühl, daß sie in ihrem Alter, mit sechsunddreißig, eigentlich diejenige sein sollte, die Almosen gab und ihre Tante mit zweiundsiebzig diejenige, die sie empfing. So war es doch wohl üblich. Hier lagen die Dinge umgekehrt, und mit der Hand, die sie gewaltsam daran hindern mußte, vor Gier und Bedürftigkeit und Aufregung zu zittern, hatte sie am gestrigen Abend nach den Geldscheinen gegriffen, die ihr nach einer weiteren Lieblingsbemerkung von Monica präsentiert wurden, daß sie es nämlich gern sähe, wenn Bridget sich etwas besser kleiden würde. Obgleich sie nur eine ungefähre Vorstellung von der Veränderung der Lebenshaltungskosten besaß, war Monica doch klar, daß für eine maßgebliche Veränderung in der Garderobe ihrer Nichte ein größerer Betrag vonnöten sein würde. Weitere fünfundzwanzig Pfund waren also den üblichen fünfzig hinzugefügt worden.

Etwa fünf Pfund hatte sie im Laufe des Tages ausgegeben. Mit dem Rest hatte Bridget Großes vor, wozu jedoch nicht der Kauf des schlichten dunklen Mantels, des Rocks und des zweiteiligen rosa Stricksets gehörte, wie Monica vorgeschlagen hatte. Da war zum Beispiel die Gasrechnung oder die gute Gelegenheit, endlich das Kreditkonto auszugleichen, auf dem sie 21 Prozent Zinsen zahlte. Nicht, daß Bridget nicht sehnsüchtig an wunderschöne Dinge dachte, die sie gern hätte, aber wahrscheinlich nie besitzen würde. In einem Schaufenster in der Bond Street war zum Beispiel ein Stuhl, der in schlanker, fast arroganter Eleganz abseits stand, hochbeinig und mit hübsch geschwungener Rückenlehne; sie stellte sich vor, wie er ihr Zimmer als Bote täglich neuen Glücks und Stolzes schmückte. Nun war aber heute eine Frau in den Laden gekommen, um den neuen Salman Rushdie zu bestellen, in einem Kleid, das unverkennbar von Annie Carter war. Bridget hatte das Kleid angestarrt wie eine unerreichbare Herrlichkeit, das wilde Spiel von Reißverschlüssen um die Ärmel herum und die dreieckigen Ausschnitte in den Achselhöhlen, der ungleiche Saum und die geschlitzte Rückenpartie, denn wenn sie ehrlich war, dann war es das Phantastische, das sie an diesen Dingen bewunderte, und sie wäre lieber tot umgefallen, als sich in einem rosa Strickset blicken zu lassen.

Sie hatte es sehnsüchtig betrachtet, genau wie sie jetzt, als sie *Who's Who* zu ihrem Platz mitnahm, im Vorbeigehen das Rückenteil einer wundervollen Jacke anstarrte. Nachher wußte sie nicht mehr, ob es ein Mann oder eine Frau gewesen war; jemand in Jeans – das war alles, was ihr noch einfiel. Die Person in Jeans saß ziemlich nah bei den Regalen mit den *Science-fiction*-Büchern, so daß das Rückenteil der Jacke, die schönste und aufregendste Fläche, sich besonders vorteilhaft zeigte. Die Jacke war aus blauem Jeansstoff, auf den ein Muster appliziert war. Bridget wußte, daß es eine Applikation war, denn sie hatte diese Technik selbst einmal in einem Kunsthandwerkskurs gelernt, der ebenfalls zu dem horizonterweiternden, lebensintensivierenden Programm gehörte, mit dem sie ihre Einsamkeit bekämpfte. Stücke von Satin, Seide und Brokat waren auf die Jacke gearbeitet, dazu

Perlen, Pailletten und Goldfäden. Das Muster stellte einen Schwarm funkelnder Schmetterlinge dar, die in Violett und Zinnoberrot und Königsblau und Fuchsienrosa aus den geöffneten Mäulern von zwei gelben Lilien purzelten und flatterten. Bridget hatte dieses phantastische Bild in Seide und Glitzersteinen angestarrt und sich dann rasch abgewandt, entschlossen, nicht mehr hinzusehen, denn nichts wünschte sie sich so sehr, als es selbst zu besitzen.

In dem *Who's-Who*-Eintrag über Annie Carter wurde ein Buch über Mode erwähnt, das sie in den frühen achtziger Jahren geschrieben hatte. Bridget dachte sich, es wäre bestimmt nützlich, sich damit zu befassen. Dann hätte sie ein Gesprächsthema, wenn sie und das Komitee die Modeschöpferin nach ihrem Vortrag zum Abendessen einladen würden. Nachdem sie *Who's Who* aufgeschlagen auf dem Tisch liegengelassen und die Tasche zwischen die Tischbeine und ein Stuhlbein geklemmt hatte, ging Bridget hinüber zum Bibliothekscomputer, um nachzusehen, ob das Buch vorrätig war.

Später erinnerte sie sich, wenn auch nur schwach, an einige Leute, die sie beim Durchqueren des Bibliothekssaals zum Computer hinüber gesehen hatte. Ein zeitunglesender alter Mann in schmutzigbraunen Sachen, zwei alte Frauen in rehbraunen Regenmänteln und Topfhüten, ein Kind, das trotz der Drohungen und Bitten seiner Mutter wild herumrannte. Die Mutter war etwa in Bridgets Alter, unförmig fett, mit struppigem dunklem Haar und geschwollenen Beinen. Es waren noch andere, weniger auffallende Leute da gewesen. Vom Computer erfuhr sie, daß das Buch zwar vorrätig, aber momentan ausgeliehen war. Bridget ging an ihren Tisch zurück und setzte sich. Sie las noch einmal den mageren Eintrag in *Who's Who* durch, merkte sich, daß Annie Carter sich für Bobfahren interessierte und Netsuke-Sammlerin war, was sie eigentlich ziemlich einschüchternd erscheinen ließ, und griff dann unter den Tisch nach ihrer Tasche und dem darin befindlichen Notizbuch.

Die Tasche war weg.

Das Gefühl, das Bridget befiel, war das, das man bekommt, wenn man etwas Wichtiges verliert oder meint, es verloren zu haben, der plötzliche Schock des Verlustes. Es war ein körperliches Gefühl, als fiele etwas in ihrem Inneren hinunter – drehe sich erst in ihrer Brust um und purzele dann durch ihren Körper nach unten und an den Fußsohlen hinaus. Sie sagte sich sofort, sie könne die Tasche ja nicht verloren haben, unmöglich, sie könne gar nicht gestohlen worden sein – wer hätte sie denn bei dem Umtrieb stehlen sollen? Sie hatte sie bestimmt mit zum Computer genommen. Bridget ging noch einmal hinüber, rannte hin, aber die Tasche war nicht da. Sie sagte es den beiden Bibliotheksgehilfinnen und dann der Bibliothekarin selbst, und gemeinsam suchten sie die Bücherei nach der Tasche ab. Bridget kam es so vor, als hätten alle vorher Anwesenden die Bücherei schnell verlassen, alle bis auf den alten Mann, der Zeitung las.

Die Bibliothekarin war äußerst nett. Sie machten bald zu, und sie sagte, sie wollte Bridget zur Polizei begleiten, es läge sowieso auf ihrem Weg. Bridget spürte immer noch den Schock des Verlusts, diese Übelkeit erregenden Drehungen in ihrem Körper und das Gefühl von Panik und ungläubigem Erstaunen. Der Kopf schien ihr lose auf dem Hals zu sitzen, fast als schwebte er. »Es kann gar nicht sein«, sagte sie immer wieder zu der Bibliothekarin. »Ich kann's einfach nicht glauben, daß es in den paar Sekunden, wo ich weg war, passiert ist.«

»Ich fürchte fast, so war es«, sagte die Bibliothekarin, die netterweise kein Wort darüber verlor, wie unklug es von Bridget gewesen war, die Tasche auch nur ein paar Sekunden unbeaufsichtigt zu lassen. »Es geht mich ja nichts an, aber war viel Geld drin?«

»Ziemlich viel. Ja, ziemlich viel.« Kleinlaut fügte Bridget hinzu: »Na ja, für mich wenigstens.«

Die Polizei machte ihr wenig Hoffnung darauf, das Geld wiederzubekommen. Die Tasche, hieß es, und ein Teil des Inhalts würden eventuell wieder auftauchen. In der Zwischenzeit war Bridget außerstande, in ihre kleine Wohnung zu gelangen. Sie hatte nicht einmal das Kleingeld, um das Kreditkarteninstitut anzurufen und den Diebstahl zu melden. Die Bibliothekarin, die Elisabeth Derwent hieß, kümmerte sich darum. Sie nahm Bridget mit zu sich nach Hause, zeigte ihr, wo das Telefon war, und brachte sie dann zum Schlüsseldienst. Es war der Anfang einer langjährigen Freundschaft. Auch wenn Bridget viele ihrer wertvollsten irdischen Güter verloren hatte, so hatte sie doch immerhin, wie sie später zu ihrer Tante Monica sagte, Elisabeths Freundschaft gewonnen.

»Das ist ja eine böse Geschichte, und niemand hat was davon«, sagte Monica, während sie Bridget fünfzig Pfund in Zehnpfundscheinen in die Hand drückte.

Aber das kam alles später. An diesem ersten Abend mußte Bridget mit dem Verlust fertigwerden – der siebzig Pfund, ihres Führerscheins, ihrer Kreditkarte, ihres Scheckhefts, des »Lebens der berühmtesten Maler, Bildhauer und Architekten« (das sie nun bestimmt nie lesen würde), ihres Adreßbüchleins und des silbernen Rings, der wahrscheinlich ein Onyx war. Sie saß allein in ihrer kleinen Wohnung und trauerte. Sie ärgerte sich furchtbar, Schock und ungläubiges Erstaunen hatten der unausweichlichen Gewißheit Platz gemacht, daß jemand ihre Tasche vorsätzlich gestohlen hatte. Mehrere Tassen heißen, starken Tees trösteten sie ein wenig. Bridget hatte mit ihrer Tante mehr gemeinsam, als sie selbst zugegeben hätte; auch sie war nämlich ein richtiggehendes spätes Mädchen, in jeder Beziehung, außer, was die Jungfräulichkeit betraf.

Ende der Woche kam ein Paket an. Es enthielt ihren Geldbeutel (leer bis auf den Bibliotheksausweis), den silbernen Ring, ihr Adreßbüchlein, ihr Notizbuch, die Nagelschere und die Nagelzange, den Wimperntuschestift, Farbton »Mitternachtsblau« und die Mehrzahl der verlorengegangenen übrigen Gegenstände, außer dem Geld, der Kreditkarte und dem Scheckheft, dem Führerschein, dem Taschenbuch-Vasari und der Tasche selbst. Ein Brief war beigefügt. Er lautete: »Liebe Miss Thomas, Name und Adresse standen in dem Notizbuch. Ich hoffe, es ist Ihre und dies kommt bei Ihnen an. Ich fand Ihre Sachen in einer Plastiktüte oben auf einer Mülltonne in der Kensington Church Street. Als ich den Geldbeutel sah, dachte ich mir, das ist bestimmt nichts, was jemand wegwerfen wollte. Ich fürchte, dies hier ist absolut alles, was noch da war, obwohl ich den Verdacht habe, daß im Geldbeutel noch Geld war und andere Wertsachen. Beste Grüße, Patrick Baker.«

Seine Adresse und eine Telefonnummer standen oben auf dem Blatt. Bridget, die normalerweise nicht impulsiv war, überschlug sich gleich dermaßen vor staunender

Freude und dem wiedererlangten Glauben in die Menschheit, daß sie sofort den Telefonhörer abnahm und die Nummer wählte. Er war am Apparat. Er hatte eine angenehme, gebildete Stimme mit einer langsamen, bedächtigen Aussprache, die Stimme eines jungen Mannes. Sie überschüttete ihn mit Dank. Das sei aber nett von ihm! Daß er sich solche Umstände gemacht habe! Nicht nur ihre Sachen zu retten, sondern sie auch noch mit nach Hause zu nehmen, einzupacken, Porto zu zahlen, auf der Post wahrscheinlich Schlange stehen zu müssen! Was könnte sie nur für ihn tun? Wie könnte sie sich nur erkenntlich zeigen?

Treffen wir uns doch auf einen Drink, meinte er. Nun, natürlich, selbstverständlich. Sie versprach, sich mit ihm auf einen Drink zu treffen, und sie vereinbarten das Lokal und die Uhrzeit, obwohl sie es fast schon wieder bereute. Sie beriet sich mit Elisabeth.

»Bei einem Drink in einem Pub auf der Kensington High Street kann doch nichts passieren«, lächelte Elisabeth.

»Ich tu so etwas ja normalerweise nicht.« Sie hatte so etwas jedenfalls seit Jahren nicht mehr getan. Genaugenommen war es zwei Jahre her, seit Bridget überhaupt mit einem Mann ausgegangen war, seit ihrer unglücklichen Affäre mit dem verheirateten Steuerberater, die sich jahrelang hingezogen hatte und schließlich zu Ende gegangen war. Kneipenbesuche waren nicht Teil der Beziehung gewesen. Ab und zu hatten sie in dem kleinen Büroraum, wo die Steuerabrechnungen der Kunden aufbewahrt wurden, eilig und verstohlen miteinander geschlafen. »Du hast recht«, sagte sie, »vielleicht ist es eine ganz nette Abwechslung.«

Das besondere Merkmal von Patrick Baker, das ihn für die meisten Frauen besonders anziehend gemacht hätte, stieß Bridget nicht gerade ab, störte sie jedoch beträchtlich. Er sah ihr viel zu gut aus. Er war geradezu strahlend schön, wie ein Engel oder ein junger schwedischer Tennisspieler. Dies tat natürlich beim ersten Mal nichts zur Sache. Aber sein Aussehen fiel ihr sofort auf, während sie das Gärtchen hinter dem Pub durchquerte und er sich von seinem Platz erhob. Sein Aussehen machte ihr angst und schüchterte sie ein. Es wäre allerdings falsch gewesen zu behaupten, sie hätte den Blick gar nicht von ihm lassen können. Ihn anzusehen war einfach überwältigend, es war ihr beinahe peinlich, und sie bemühte sich, ihren Blick abzuwenden.

Sie wußte gar nicht, was sie sagen sollte. Glücklicherweise fing er gleich an, ihr haarklein zu erzählen, wie er ihre Sachen in der Mülltonne in der Kensington Church Street entdeckt hatte. Bridget war eine gute Zuhörerin und lauschte gespannt. Er erzählte ihr auch, wie er selbst einmal in der U-Bahn eine Aktentasche verloren hatte und daß man einem Freund von ihm auf einer Zugfahrt von New York nach Philadelphia die Brieftasche gestohlen hatte. Ermutigt von diesen harmlosen und überhaupt nicht raffinierten Anekdoten erzählte ihm Bridget, wie bei ihrer Tante Monica einmal eingebrochen worden sei und sie ein Smaragdkollier eingebüßt hätte, das zum Glück versichert gewesen sei. Daraufhin erkundigte er sich eingehend nach ihrer Tante, und Bridget fand sich plötzlich selber sehr amüsant bei ihrer Beschreibung von Monicas finanziellen Abenteuern. Sie sah nicht ein, weshalb sie ihm die Herkunft des gestohlenen Geldes hätte verschweigen sollen, und er schien es sehr interessant zu finden, als sie ihm sagte, daß es von Monica kam, die ihr solche Beträge zukommen zu lassen pflegte.

»Wissen Sie, sie sagt, ich bekomme es sowieso eines Tages – damit meint sie, wenn sie tot ist, die gute Seele –, also warum nicht schon jetzt?«

»Warum eigentlich nicht?«

»Das war eben Pech, daß man mir den Geldbeutel gestohlen hat, nachdem sie mir erst am Tag vorher so viel Geld geschenkt hatte.«

Er fragte, ob er sie mal zum Essen ausführen könnte. Bridget sagte zu, es sollte aber nicht teuer oder besonders vornehm sein. Sie fragte Elisabeth, was sie anziehen sollte. Beide waren in Kleiderstimmung, denn es war der Abend von Annie Carters Vortrag vor dem Frauenverein; sie hatte Elisabeth dazu überredet, auch Mitglied zu werden.

»Er selbst kleidet sich nicht besonders formell«, sagte Bridget. »Ganz im Gegenteil.« Sie hatten sich in der Zwischenzeit erneut auf einen Drink getroffen. »Er hatte so eine Art Safarianzug an mit violettem Hemd. Ach, Elisabeth, er sieht wahnsinnig gut aus. Eigentlich zu gut, wenn du verstehst, was ich damit sagen will.«

Elisabeth verstand es nicht. Sie sagte, zu gut könne einer doch gar nicht aussehen, oder? Bridget erwiderte, es sei natürlich dumm von ihr – nun ja, mit ihm gesehen zu werden, ob Elisabeth verstehe, was sie damit sagen wolle. Sie fühle sich irgendwie komisch dabei.

»Ich leihe dir mein schwarzes Spitzenkleid, wenn du möchtest«, sagte Elisabeth. »Es würde dir gut stehen, und so was paßt doch immer.«

Bridget wollte das schwarze Spitzenkleid aber nicht leihen. Sie lehnte es ab, sich mit fremden Federn zu schmücken. Sie wollte auch Tante Monicas Smaragdkollier nicht leihen, das diese als Ersatz für das gestohlene Kollier gekauft hatte. Ihre schwarze Bluse und das Samtjäckchen aus dem Secondhandladen in Hammersmith würden vollauf genügen. Wenn sie schon kein Annie-Carter-Modell haben konnte, würde sie sich auf gar keine Kompromisse einlassen. Monica, die natürlich nie etwas von dem verheirateten Steuerberater oder seinem entfernten Vorgänger, dem verheirateten Volksschullehrer erfahren hatte, tat, als sei Patrick Baker der erste Mann, mit dem Bridget je allein war und redete daher, als sei eine Heirat schon beschlossene Sache. Bridget hörte das alles, während sie daran dachte, wie schrecklich es wäre, wenn sie sich in Patrick Baker verlieben und seiner Schönheit hörig werden und leiden würde, sobald sie einmal von ihm getrennt wäre.

Sogar wenn sie auf diese Art an ihn dachte, so vernünftig und ironisch, sah sie sein Gesicht vor sich, das Raubvogelhafte und doch Weiche seiner Züge, den wunderbaren Mund und die großen, weit auseinanderstehenden Augen, sein helles, dichtes Haar und die glatte, gebräunte Haut. Auch seine muskulöse Figur sah sie vor sich, schlank und geschmeidig und doch kräftig, seine langen schmalen Hände und die sich nach oben verjüngenden Finger, und sie verspürte etwas seit langem Unterdrücktes, ein prickelndes Verlangen, das ganz sanft an ihrem Inneren zupfte und ihr ein klein bißchen den Atem nahm.

Das Restaurant, in dem sie essen gingen, war weder vornehm noch teuer, und das war ein Glück, denn nach dem Essen stellte Patrick fest, daß er sein Scheckheft zu Hause vergessen hatte, und Bridget war gezwungen, das

Essen von dem Geld zu bezahlen, das Monica ihr für den Kauf eines Abendkleides gegeben hatte. Er war ihr sehr dankbar. Er küßte sie auf dem Gehsteig draußen vor dem Restaurant, das heißt, nicht ganz draußen, sondern unter der Balustrade in dem überdachten Eingang. Mit dem Taxi fuhren sie zu seiner Wohnung.

Patrick besaß eine recht nette Wohnung im Obergeschoß eines Hauses in Bayswater, nicht ganz mit Parkblick, aber fast. Es war interessant, was nun mit Bridget vor sich ging. Meistens gelang es ihr, sich außerhalb von sich selbst zu stellen und ihr beabsichtigtes Tun mit innerem Abstand zu betrachten. Sie würde ihn genießen, weil er so schön war, sie würde es tun und damit Schluß. Solche Männer waren doch nichts für sie, jedenfalls nicht öfter als ein- oder zweimal. Aber wenn sie einmal im Leben so einen haben konnte, ein- oder zweimal, warum nicht? Warum nicht?

So ein Leben, so ein Lebensstil, das paßte doch nicht zu ihr. Alles in allem war es ihr doch viel lieber, bei einer Kanne starken, dampfenden Tees zu Hause zu sitzen, vor sich ihre Stickerei oder das neueste Taschenbuch über sich wandelnde Frauenbilder in der westlichen Gesellschaft. Außerdem dachte sie gar nicht daran, Tante Monicas Geld mit jemandem zu teilen, wenn es einmal soweit sein würde. In letzter Zeit hatte sie sich oft zur Vernunft rufen müssen wegen einer gewissen dekadenten, würdelosen Neigung, davon zu träumen, irgendwann einmal in World's End in einem Apartment mit Obergalerie zu wohnen, der passenden Umgebung für den arroganten Stuhl aus der Bond Street, und sich kühn und exzentrisch in wallende Röcke, lange Mäntel mit Pelzbesatz und zarte, alte Spitze zu gewanden.

Auf dem Weg zu Patrick war sie schon ziemlich betrunken. Nicht so betrunken, daß sie nicht mehr wußte,
was sie tat, aber betrunken genug, um sich nicht drum zu
scheren. Sie war betrunken genug, um ihre Hemmungen
über Bord zu werfen, aber ausreichend nüchtern, um zu
wissen, daß sie Hemmungen hatte, zu wissen, daß diese
später unverändert wieder zurückkehren würden. Ge-
nußvoll begab sie sich in Patricks Arme, mit der unbe-
kümmerten Hingabe und Entschlossenheit, zu genießen,
wie jemand, der sich auf eine Weltumsegelung begibt, die
nur ein einziges Mal stattfindet. Mit ihm ins Bett zu gehen war etwas völlig anderes als der Beischlaf mit dem
verheirateten Steuerberater im Kontor. Das war ihr bereits vorher klar gewesen, deshalb war sie ja hier. Während der Nacht ging die Zentralheizung aus und schaltete
sich wegen einer schadhaften Zündflamme nicht mehr
von selbst ein. Es wurde kalt, aber in den Armen von Patrick Baker spürte Bridget es nicht.

Sie wachte als erste auf. Bridget gehörte zu den Leuten,
die immer als erste aufwachen. Sie lag ein wenig abseits
von Patrick Baker im Bett und dachte darüber nach, wie
wunderschön die vergangene Nacht gewesen war, daß es
damit aber auch reichte und sie sich nicht mehr mit ihm
treffen würde. Sich noch einmal mit ihm zu treffen,
könnte gefährlich werden, und sie konnte es sich wegen
ihrer unscheinbaren äußeren Erscheinung, ihres unsicheren Jobs und der niedrigen Bezahlung auch nicht leisten, ein Risiko einzugehen. Kurz darauf stand sie auf
und sagte zu Patrick, der sich bewegt und den Versuch gemacht hatte, sich gemütlich an sie zu kuscheln, sie
würde Tee machen.

Patrick steckte die Nase aus der Bettwäsche und

meinte, es sei ja eiskalt, die Zentralheizung sei kaputtge-
gangen, sie gehe andauernd kaputt. »Nicht, daß du
frierst«, sagte er verschlafen. »Hol dir was zum Anziehen
aus dem Schrank.«

Selbst wenn sie in den Tropen gewesen wären, wäre es
Bridget nicht im Traum eingefallen, nackt bei einem
Mann in der Wohnung herumzulaufen. Sie zog sich an.
Während das Teewasser kochte, sah sie sich interessiert
in Patricks Wohnzimmer um. Am vorigen Abend hatte
es dazu keine Gelegenheit gegeben. Er war unordentlich,
stellte sie fest, und hatte keinen besonders guten Geschmack. Man konnte sehen, daß er seine Bilder schon
fertig gerahmt bei *Athena Art* kaufte. Er besaß nicht sehr
viele Bücher, hauptsächlich hatte er *Science-fiction*,
deshalb war es ziemlich überraschend, zwischen einem
Conan-Roman und einem Klassiker von John Wyndham
die Taschenbuchausgabe von Vasaris »Lebensläufe der
berühmtesten Maler, Bildhauer und Architekten« zu
entdecken.

Vielleicht war ihr doch kalt. Sie merkte plötzlich, daß
es sie unangenehm fröstelte. Es war eine Wohltat, die
Wärme des Teekessels an ihren Händen zu spüren. Sie
bereitete den Tee zu und brachte ihm eine Tasse, die sie
auf den Nachttisch stellte, da er wieder eingeschlafen
war. Zitternd vor Kälte machte sie eine Schranktür auf
und sah hinein.

Er schien eine Menge Mäntel und Jacken zu besitzen.
Sie schob die Kleiderbügel auf der Stange beiseite, ließ
Tweed an Serge, Leinen an Seide streifen. Seine Garderobe war umfangreich und vielseitig. Er gab anscheinend
recht viel für Kleidung aus. Die Jacke mit den Schmetterlingen glitt plötzlich glänzend in Sicht, als hätte ein Re-

quisiteur des Schicksals sie hergeschoben. Alles hatte sich verschworen, um den Anblick dramatisch zu gestalten, sogar die Sonne war hervorgekommen und warf einen unerwarteten Strahl in den offenen Schrank. Bridget sah die Jeansjacke mit der gleichen Begierde und Verzückung an wie schon einmal. Sie starrte auf die Kaskade von Schmetterlingen in Zinnoberrot, Violett und Türkis, Königsblau und Fuchsienrosa, die aus den geöffneten Mäulern von zwei gelben Lilien purzelten und flatterten.

Sie zögerte kaum, bevor sie die Jacke vom Bügel nahm und hineinschlüpfte. Sie war herrlich. Sie erinnerte sich, daß dies das Wort gewesen war, das ihr damals beim ersten Anblick in den Sinn gekommen war. Wie sehr hatte sie sich danach gesehnt, sie zu besitzen, und sich nicht getraut, lang hinzusehen, damit das Verlangen nicht schmerzhaft und lächerlich wurde! Mit dem Kopf ein wenig zur Seite geneigt, stand sie vor Patrick und überlegte, ob sie ihm zum Abschied vielleicht einen Kuß geben wollte. Lieber nicht, vielleicht wäre es besser so. Er würde es sowieso kaum merken.

Sie ging aus der Wohnung. Sie würden sich nie mehr sehen. Ein mehr als fairer Handel war von ihr stillschweigend vereinbart worden. Sie fühlte sich glücklich, ihr war so leicht zumute, und sie rannte die Treppen hinunter in den Morgen hinaus, gegen die Kälte geschützt von ihrer vielfarbigen Jacke, ihren Schmetterlingen, ihrem rechtmäßigen Besitz.

Schreibarbeit

In meinen frühesten Kindheitserinnerungen geht es um Papier. Ich sehe meine Großmutter an dem Tisch sitzen, den sie als Schreibtisch benutzte, einem Eßtisch für zwölf Personen, vor sich ihr Einklebebuch, in der Hand die Schere. Sie nannte das ihre Forschungsarbeit. Jahrelang kamen täglich drei Zeitungen ins Haus und jede Woche ein halbes Dutzend Illustrierte und andere Zeitschriften. Sie war eine gewissenhafte Briefeschreiberin. Sie hatte eine umfangreiche Korrespondenz und schrieb täglich mindestens einen Brief. Sie war Schriftstellerin ohne Hoffnung oder Wunsch nach Veröffentlichung. Mein Großvater war Anwalt in der etwa vier Meilen entfernten größeren Stadt und nahm sich auch Arbeit mit nach Hause, Schreibarbeit. Er hatte immer zwei Aktentaschen bei sich, ausgestopft mit Schriftstücken.

Als Mann im Haus hatte er ein eigenes Arbeitszimmer und einen richtigen Schreibtisch. Das Haus war so groß, daß auch meine Großmutter ein Arbeitszimmer hätte haben können, obwohl sie diesen Ausdruck aus Selbstrespekt nicht benutzt hätte. Sie ließ sich ihren Tisch ins sogenannte Nähzimmer stellen, obgleich zu meiner Zeit nie dort genäht wurde. Dort verbrachte sie die meiste Zeit des Tages, indem sie Unmengen von Papier mit ihrer winzigen Schrift bedeckte oder Sachen aus Zeitungen ausschnitt und sie in eine Reihe von Sammelalben klebte. Manchmal schnitt sie auch Sachen aus Büchern aus, und es gehörte zu den etwas unangenehmen Dingen des Lebens in diesem Hause, im Studierzimmer ein Buch aufzuschlagen und feststellen zu müssen, daß ein Kapitel fehlte oder daß ausgerechnet das Gedicht, das man brauchte, aus einer Anthologie verschwunden war.

Die Tür zum Nähzimmer stand immer offen. Dies geschah, damit meine Großmutter hören konnte, was anderswo im Hause vor sich ging, nicht etwa um anzudeuten, Besucher seien willkommen. Sobald sie mich die Treppe heraufkommen hörte, auch wenn ich mich bemühte, leise aufzutreten, rief sie, noch bevor ich die offenstehende Tür erreichte: »Kein Zutritt für Kinder, bitte«, als sei es eine Schule oder als sei das Haus von einer großen Kinderschar bewohnt statt nur von mir allein.

Es war ein sehr großes Haus, wenn auch nicht so groß und ansehnlich, daß man es als stattliches Anwesen hätte bezeichnen können. Wenn heutzutage ganze Busladungen von Besuchern dort hinfahren, wie ich gehört habe, dann nicht wegen der Architektur oder des ehrwürdigen Alters, sondern aus einem anderen, weniger schönen Grund. Achtzehnhunderteinundfünfzig war das Jahr, in dem es erbaut wurde. Der Architekt, wenn es überhaupt einen gab, war einer von diesen Viktorianern, der den Klassizismus schmähte und für die Ideen der Neugotik zu feige war. Weiße Backsteine waren das vorherrschende Baumaterial; sie waren jedoch gar nicht weiß, sondern von einem blassen, nackten Grau wie Zement. Die Fenster waren zu breit für ihre Höhe, die Eingangstür war zu niedrig für die seitlich angebrachten, dicken Säulen und den halbrunden Portikus, den sie trugen, und bei der stuckverzierten Kuppel in Form der Hutkrone des Bowlers meines Großvaters mußte ich, als ich

älter war, immer an ein Grab auf einem der größeren
Friedhöfe Londons denken. Oder vielmehr, wenn ich so
ein Grab sah, fiel mir jedesmal das Haus meiner Großeltern ein.

Bis zum Dorf war es ein weiter Weg, mindestens zwei
Meilen. Die Stadt, wie ich schon sagte, war vier Meilen
entfernt, und alles noch Größere, wo wohl das pralle Leben stattfand, war dreimal so weit weg. Busse gab es
nicht. Wenn man ausgehen wollte, fuhr man mit dem
Wagen, und wenn kein Wagen da war, ging man eben zu
Fuß. Mein Großvater, mit dem Bowler auf dem Kopf,
fuhr sich und seine Aktenmappen in einem schwarzen
Mercedes zur Arbeit. Damals fragte ich mich bisweilen,
wie meine Mutter wohl von dort weggekommen war, als
ich ein Kleinkind war und sie mich bei ihren Eltern zu-
rückließ, wie sie wohl ihre Flucht bewerkstelligt haben
mochte. Nicht meine Großmutter, sondern Mrs. Poulter, die Putzfrau, sagte mir schließlich, daß meine Mutter gar keinen eigenen Wagen gehabt hatte.

»Sie konnte nicht fahren, Mäuschen. Sie war zu jung,
um's zu lernen, weißt du. Zum Autofahren ist man mit
sechzehn noch zu jung, aber nicht, um ein Baby zu bekommen. Komisch, nicht?«

Vielleicht hatte jemand sie abgeholt. Wie dem auch
sei, zwei Meilen Fußweg sind ja keine besondere Entfernung, und als Bewohnerin dieses Hauses war sie daran
gewöhnt, zu Fuß zu gehen. War sie am hellichten Tag
oder nach Einbruch der Dunkelheit fortgegangen? Hatte
sie ihren Weggang mit ihren Eltern besprochen, sie vielleicht um Erlaubnis gebeten oder war sie einfach, wie
Mrs. Poulter es nannte, bei Nacht und Nebel abgehauen?
Manchmal stellte ich mir vor, sie hätte einen Zettel ge-

29

schrieben und ihn mit einem Messer an ihr Kopfkissen gespießt. Zettel wurden nämlich ständig geschrieben, besonders von meiner Großmutter (an meinen Großvater, an Mrs. Poulter, an die Handwerker, an mich, sobald ich lesen konnte, Dankbriefchen und gelegentlich sogar Einladungen), so daß ich von klein auf damit vertraut war, wenn auch damals noch nicht mit Messern.

Ich machte mir über diese Dinge Gedanken, denn ich hatte viel Zeit und Einsamkeit zum Nachdenken. Eines Tages hörte ich, wie meine Großmutter zu einer Bekannten aus dem Dorf, keiner Freundin, denn sie hatte keine Freunde, sagte: »Ich habe es mir nie gestattet, das Kind liebzugewinnen, und zwar schlicht und einfach aus Selbstschutz. Angenommen, seine Mutter beschließt, es zu holen? Sie ist doch seine Mutter. Sie hätte ein Anrecht darauf. Und was wäre dann mit mir? Ich meine, wenn ich mir gestatten würde, es liebzugewinnen?«

Das geschah, als ich etwa sieben war. Ein siebenjähriger Mensch ist zu alt, als daß man ihn mit »es« bezeichnen könnte. Vielleicht ist ein Mensch mit sieben Monaten oder sogar mit sieben Tagen schon zu alt dafür. Aber das Gehörte brachte mich nicht aus der Fassung. Es munterte mich auf und machte mir Hoffnung. Meine Mutter würde kommen und mich holen. Zumindest bestand die große Wahrscheinlichkeit, daß sie kommen würde, so groß, daß sie meine Großmutter davon abhielt, mich zu lieben. Und ich begriff irgendwie, daß sie versucht war, mich zu lieben. Die Versuchung war da, und sie mußte sich daran hindern, ihr nachzugeben; insofern befand sie sich in einer ganz anderen Lage als mein Großvater, der, da bin ich sicher, keine Versuchung hatte, der er widerstehen mußte.

Etwa zu jener Zeit setzte sich die fixe Idee in meinem Kopf fest, daß das Einklebebuch, an dem meine Großmutter gegenwärtig arbeitete, von meiner Mutter handelte. Die Zeitungsausschnitte und Illustriertenfotos stellten sie dar. Sie war vielleicht Schauspielerin oder Fotomodell. Ob meine Großeltern Post von ihr bekamen? Es gehörte zu meinen oder Evies Aufgaben, die Post hereinzubringen, und auf dem Weg ins Eßzimmer, wo meine Großeltern immer ihr ausgiebiges Frühstück einnahmen, begutachtete ich dann die Briefumschläge. Die meisten waren mit der Maschine geschrieben. Alle Briefe an meinen Großvater waren maschinegeschrieben und steckten in Umschlägen mit getippter Adresse. Aber regelmäßig alle zwei bis drei Wochen kam ein Brief in blauem Umschlag an meine Großmutter, mit Londoner Poststempel und der Adresse in einer fast ebenso ungelenken Handschrift wie meiner eigenen, die Großbuchstaben unverhältnismäßig groß und die ›G‹s und ›Y‹s mit langen, gekrümmten Schwänzen wie dem des Basenji-Terriers. Ich war überzeugt, daß diese Briefe von meiner Mutter stammten und einige davon ziemlich zerschnipselt im Einklebebuch landeten.

Wenn Kinder, heißt es, nicht geliebt werden, solange sie klein sind, lernen sie nie zu lieben. Deshalb bin ich dankbar, daß es im Haus einen Menschen gab, der mich liebte und ein Lebewesen, das ich lieben konnte. Man muß dazu wissen, daß meine Großeltern noch nicht alt waren. Meine Mutter war erst sechzehn gewesen, als ich zur Welt kam, folglich waren sie erst Anfang Vierzig. Mir kamen sie natürlich alt vor, wenn auch nicht ganz so alt wie Evie. Schon damals konnte ich ungefähr abschätzen, daß Evie zu einer anderen Generation, etwa der Alters-

gruppe der Großmütter meiner Schulkameraden, gehörte.

Sie war eine Art Verwandte. Vielleicht war sie sogar die
Tante meiner Großmutter. Sie lebte, ich glaube seit der
Hochzeit der beiden, sozusagen als Haushälterin bei ihnen, erledigte und organisierte alles mögliche und kochte.
Es war ihre Heimat, aber sie war dort nur geduldet und
fürchtete sich vor meiner Großmutter. Wenn ich etwas
wissen wollte, ging ich zu Mrs. Poulter, die kein Blatt vor
den Mund nahm, weil es ihr egal war, wenn sie rausgeschmissen wurde.

»Die sind mehr auf mich angewiesen als ich auf sie. Es
gibt ein Dutzend Häuser hier in der Gegend, wo man sich
die Finger danach abschleckt, mich zu kriegen.«

Das Problem war bloß, daß sie nicht viel wußte. Sie
war nach dem Weggang meiner Mutter ins Haus gekommen, und was sie wußte – zum Beispiel, daß meine Mutter nicht Auto fahren konnte – hatte sie vom Hörensagen
und vom Dorfklatsch. Sie wußte den Namen meiner
Mutter und natürlich wie alt sie war und daß sie meinen
Vater nicht hatte heiraten wollen, obwohl meine Großeltern es sehr gern gesehen hätten, daß sie heiratete, und
nicht wählerisch waren, wen.

»Sie nannten sie Sandy. Ich vermute, weil sie gelblich-
braunes Haar hatte.«

»Die gleiche Farbe wie der Basenji?« fragte ich, aber das
konnte Mrs. Poulter mir nicht sagen. Sie hatte meine
Mutter nie gesehen.

Evie hatte Angst, meine Fragen zu beantworten. Ich
versprach ihr hoch und heilig, meiner Großmutter nichts
von dem zu sagen, was sie mir erzählte, aber sie traute
mir einfach nicht, und ich glaube wohl, sie hatte recht

damit. Es war jedoch sehr aufregend, denn was es zu wissen gab, das wußte Evie. Sie wußte alles, was auch meine Großeltern wußten. Sie wußte sogar, von wem die Briefe stammten, aber sie hätte es mir nie verraten. Meine Großmutter wäre imstande gewesen, sie aus dem Haus zu werfen.

»Deine Mutter wollte sie ja rauswerfen«, sagte Mrs. Poulter. »Bevor du auf die Welt gekommen bist, meine ich. Ich sollte dir das ja eigentlich nicht sagen in deinem Alter, aber irgendwann mußt du's doch erfahren. Es war Evie, die sie dran gehindert hat. Na ja, so heißt es jedenfalls. Obwohl, ich möchte wissen, wie sie das angestellt hat, wo sie sich doch selber nie wehrt.«

Basenji-Terrier sind keine bellenden Hunde. Sie können das Bellen erlernen, wenn man sie zusammen mit anderen Hunderassen hält, aber von selbst bellen sie nie, obwohl sie manchmal ein bißchen quietschen oder Grunzlaute ausstoßen. Basenjis sind reinlich und sanftmütig, und es ist eine Verleumdung, wenn man sie als bösartig bezeichnet. Es ist eine alte, aus Zentralafrika stammende Jagdhundrasse und wird dort zum Vorstehen, Apportieren und bei der Treibjagd eingesetzt. Seit ich fort bin aus diesem Haus, habe ich immer einen Basenji gehabt, und jetzt sogar zwei. Denn was läge näher, als denjenigen Geschöpfen meine Zuneigung zu schenken, die ich als erste geliebt habe?

Meine Großeltern mochten Tiere nicht, und Evie durfte den Basenji nur behalten, weil er nicht bellte. Ich bin sicher, meine Großmutter hat ihn eine Art Belltest machen lassen, bevor sie ihn ins Haus ließ. Evie und der Basenji bewohnten einen Teil des Hauses für sich. Das hört sich nun ungewohnt großzügig für meine Großmut-

ter an – und nach dem, was ich über sie gesagt habe,
würde man es nicht von ihr erwarten –, aber ihre Behausung bestand lediglich aus zwei Nordzimmern unterm
Dach, dem Hinteraufgang und dem, was Mrs. Poulter als
die ehemalige Abspülküche bezeichnete. Wenn ich nicht
in der Schule war (wohin mich Evie in dem alten Morris-
Minor-Kombi fuhr und von wo sie mich auch wieder abholte), verbrachte ich meine ganze Zeit bei ihr und dem
Basenji in der ehemaligen Abspülküche. Und im Sommer, wenn es abends noch hell war, ging ich mit dem Basenji spazieren.

Man könnte jetzt fragen, weshalb ich keine Anstalten
gemacht habe, mir diese Einklebebücher anzusehen oder
die Briefe zu lesen. Warum ich während der Abwesenheit
meiner Großmutter nie ins Nähzimmer ging oder tagsüber ins Arbeitszimmer meines Großvaters eindrang?
Ich habe es ja versucht. Obwohl meine Großmutter selten ausging, kam es mir vor, als hätte sie eine fast übernatürliche Fähigkeit, an zwei oder mehr Orten gleichzeitig
zu sein. Sie war eine hochgewachsene, dünne Frau mit einem langen, schmalen Gesicht und dunklem, glattem,
ziemlich fettigem Haar, das aussah, als sei es aufgemalt
anstatt gewachsen. Ich kann beschwören, daß ich oben
am Treppenabsatz gestanden und sie am Eßtisch für
zwölf Personen habe sitzen sehen, in der Hand die
Schere, wie sie den Kopf wandte, als sie mich atmen
hörte, daß ich hinuntergerannt bin und sie gerade noch in
der Empfangszimmertür erwischt habe, die längliche,
dunkle, knochige Hand auf dem Messingtürknauf, daß
ich mich schnell umgedreht und sie im Studierzimmer
erspäht habe, wo sie gerade ein zur Verstümmelung auserkorenes Buch vom Regal nahm.

Zweifellos bildete ich mir das alles nur ein. Jedenfalls war sie immer hellwach und paßte auf. Worauf? Um mich daran zu hindern, ihre Geheimnisse zu entdecken? Sie war Meisterin in der Kunst der Geheimniskrämerei. Ich glaube, sie betrieb diese Kunst als Selbstzweck. Zur Essenszeit schloß sie das Nähzimmer immer ab. Vielleicht hängte sie sich den Schlüssel um den Hals. Zumindest trug sie immer eine lange Kette, obwohl ich nie feststellen konnte, was daran hing, da sie sie in den spitzen Ausschnitt ihres dunklen Kleides steckte. Das Arbeitszimmer war nie abgesperrt, wohl aber die darin befindlichen Papiere. Eines Tages sah ich von der Tür aus den Tresor. Ich sah, wie mein Großvater das Porträt eines alten Mannes in roter Robe und Perücke herunternahm und in der Wand dahinter eine Drehscheibe hin und her drehte.

Freitags brachte Evie immer alle Zeitungen der Woche für die Müllabfuhr hinaus. Sie trug sie aus dem Empfangszimmer nach unten, einen beachtlichen Stapel, den ich manchmal in der Hoffnung, etwas Aufschlußreiches zu finden, durchwühlte. Meist waren Fensterchen herausgeschnitten, manchmal aus den Sportseiten, manchmal aus dem Feuilleton, den Lokalnachrichten oder den Weltnachrichten. Einmal hatte ich eine verstümmelte Ausgabe der *Times* ergattert, und es gelang mir unter Aufbietung aller Tricks und beträchtlicher Anstrengungen, Mrs. Poulter dazu zu überreden, mir eine identische, vollständige Ausgabe zu besorgen, die sie in einem anderen Haus, wo sie putzte, stiebitzte. Aber bei den ausgeschnittenen Stellen hatte es sich bloß um einen Bericht über ein Tennisturnier und ein Foto einer neuen Kamelienart gehandelt, die auf der Gartenschau in Chelsea ausgestellt war.

Man könnte nun denken, meine Großeltern hätten mich, sobald ich alt genug dazu war, ins Internat geschickt. Das taten sie aber nicht. Ich wäre gern auswärts zur Schule gegangen, ich wäre gern fortgegangen, egal wohin, aber Mrs. Poulter meinte, sie könnten sich das Schulgeld nicht leisten. Der Unterhalt des Hauses war sehr kostspielig. Evie fuhr mich also weiterhin zur Schule, morgens vier Meilen hin und zurück ins Gymnasium und nachmittags vier Meilen hin und zurück. Sie war damals bestimmt schon in den Siebzigern. Sie nahm immer den Basenji auf dem Rücksitz mit, denn auch wenn sie ihn allein zu Hause gelassen hätte, würde sie es doch nie riskieren, ihn bei meiner Großmutter zu lassen.

Ich fragte ihr damals wegen der Sache mit meiner Mutter ein Loch in den Bauch, aber sie ließ nie etwas heraus. Sie erklärte mir ganz offen, daß sie sich nicht traute, etwas zu sagen. Schließlich muß sie aber, ganz verrückt durch mein Gebettel, zu meiner Großmutter doch etwas gesagt haben, denn eines Morgens beim Frühstück, nachdem mein Großvater gegangen war und ich die Post hereingebracht hatte, unter anderem wieder einen Brief im blauen Umschlag, wandte sich meine Großmutter mit einer bedächtigen, unheilvollen Gebärde zu mir um. In distanziertem Ton sagte sie: »Diese Briefe, auf die du seit Jahren immer so neugierig bist, sind von einer alten Freundin, mit der ich zur Schule gegangen bin. Ihre Schrift ist ziemlich unreif, findest du nicht?«

Ich glaube, ich wurde rot. Ziemlich aufgeregt sagte ich: »Erzähl mir von meiner Mutter.«

Weder ihr Tonfall noch ihr Blick änderten sich. »Sie heißt Alexandra. Ich höre selten von ihr. Ich glaube, sie hat geheiratet.«

»Wieso hat sie mich nicht zur Adoption freigegeben?« fragte ich. »Oder du?«

»Natürlich kann ich nicht für sie sprechen. Ich bezweifle, daß sie jemals gewußt hat, was sie tat. Ich hätte dich schon zur Adoption freigegeben, wenn ich dazu befugt gewesen wäre. In solchen Angelegenheiten ist das Einverständnis der Mutter erforderlich.«

»Warum wollte sie mich denn nicht? Warum ist sie weggegangen?«

»Ich werde keine weiteren Fragen beantworten«, erwiderte meine Großmutter. »Eines Tages wirst du es erfahren. Wenn wir tot und begraben sind, wirst du es erfahren. Alles über deine Mutter und das wenige, was über deinen Vater bekannt ist, über den Mord, wenn es Mord war, und alles andere. Und Evie kannst du von mir ausrichten, wenn sie dir irgend etwas sagt, was sie ja übrigens absolut nichts angeht, dann werde ich es nicht länger als meine Pflicht betrachten, ihr und diesem Köter noch weiterhin Hausrecht zu gewähren.«

Ich gab diese Nachricht an Evie weiter. Was hätte ich sonst tun sollen? Meine Großmutter meinte immer ernst, was sie sagte, sie war eine furchtbare Frau, eine kalte, unüberwindliche Macht. Aber der Mord – was für ein Mord? In den zehn Jahren vor meiner Geburt hatten in unserer Gegend zwei stattgefunden. Eine Frau hatte erst ihren Mann und dann sich selbst getötet. Ein junger Mann, kein Einheimischer, war am Lenkrad seines Wagens, der am Waldrand abgestellt war, tot aufgefunden worden. Jemand hatte ihn mit einem Kopfschuß getötet. Man fand nie heraus, wer es getan hatte. Ich brauchte Mrs. Poulter nicht danach zu fragen, es war allgemein bekannt, aber ich fragte sie, was das mit uns zu tun hatte.

»Das war doch gar nicht hier in der Nähe, Mäuschen«, sagte sie. »Die Frau, die ihren Mann umgebracht und sich mit Gas vergiftet hat, die hatte erst seit sechs Monaten in dem Haus da gewohnt. Und der junge Kerl – wie hieß er doch gleich? Wilson? Williams? –, der war von London hergefahren, das war ein Fremder.«

Es fiel ihr leichter, zu erklären, was meine Großmutter damit gemeint hatte, eines Tages würde ich alles erfahren, wenn sie tot und begraben seien.

»Sie vererben dir doch das Haus hier samt Inventar. Das weiß ich ganz sicher. Er hat mich ja seinerzeit als Zeugin bei der Testamentserrichtung geladen.«

»Aber die mögen mich doch gar nicht leiden«, sagte ich.

»Du bist ihr eigen Fleisch und Blut. Sie mögen dich so leiden wie alle anderen, Mäuschen. Ist sowieso nichts Weltbewegendes, was? Wer will denn schon so was? So ein riesiger weißer Elefant ist doch nicht viel wert.«

Damals vielleicht nicht, damals nicht.

Als ich fünfzehn war und der Basenji zwölf und Evie auf die Achtzig zusteuerte, ging mein Großvater eines Morgens in den Wald hinaus und erschoß sich. Es hieß, es sei ein Unfall gewesen. Nach der Beerdigung bestellte meine Großmutter einen Schreiner aus London und ließ sich im Nähzimmer drei Wandschränke bauen. Daran ließ sie eine Art von Türen anbringen, die von Sicherheitsfirmen heutzutage als Eingangstüren für Londoner Wohnungen empfohlen wird, stahlverstärkt und mit Schlössern, die beim Drehen Metallbolzen in den Türrahmen schieben. In diesen Schränken deponierte sie den Inhalt des Wandtresors meines Großvaters und alle Schriftstücke aus seinem Arbeitszimmer. Höchstwahrscheinlich stellte sie dort auch ihre gesammelten Einklebebücher hinein, denn ich sah sie nie wieder mit Schere und Kleber hantieren, und die Verstümmelung der Bücher hörte auch auf.

Es kursierten Gerüchte, mehr als Gerüchte, mein Großvater sei irgendwie in Schwierigkeiten gewesen. Er habe Klientengelder veruntreut oder ältere Damen dazu überredet, ihn testamentarisch zu begünstigen – etwas in der Art. Ich nehme an, er ging damals deshalb frühmorgens in den Wald, weil er Angst vor einer gerichtlichen Untersuchung hatte. Sein Tod hatte dies anscheinend abgewendet. Seine Geheimnisse befanden sich in den Papieren, die meine Großmutter versteckte. Nach seinem Tod veränderte sie sich, wurde noch kälter und abweisender, und die wenigen Bekannten, mit denen sie sich sonst getroffen hatte, mied sie nun. Es war ein kaltes Haus, obwohl sie das anscheinend nie gespürt hatte. Nun spürte sie es. Evie machte nun immer Kaminfeuer, und aus irgendeinem, mir unbekannten Grund benutzte sie dazu das Feuerzeug meines Großvaters, ein silbernes Ding in Form von Aladins Wunderlampe, das mitten auf dem Kaminsims stand. Eine Zeitlang ließ meine Großmutter weiterhin die Tür zum Nähzimmer offenstehen, und wenn ich beim Vorbeigehen hineinsah, brannte das Feuer, und sie saß da und schrieb. Ständig schrieb sie. Memoiren? Ein Tagebuch? Einen Roman?

Geburten-, Eheschließungs- und Sterberegister wurden damals in Somerset House aufbewahrt. Als ich so alt war wie meine Mutter bei meiner Geburt, fuhr ich mit dem Zug nach London und suchte sie aus dem betreffenden Band heraus. Alexandra war ihr Name, wie meine Großmutter gesagt hatte (sie log nie), sie hatte geheiratet,

was sie ebenfalls gesagt hatte, und zwar einen Mann namens Jeremy Harper-Green. Sie hatten zwei Kinder, die
Harper-Greens, einen sechsjährigen Jungen und ein vierjähriges Mädchen. Ich glaube, als ich das sah, begriff ich,
daß ich meiner Mutter wohl nie begegnen würde.

Der Basenji starb zuerst. Er war fünfzehn und hatte ein
gutes Leben gehabt. Evie und ich begruben ihn hinten im
Garten an der Hügelseite, von wo man die wunderschöne
Landschaft von Derbyshire überblicken konnte und in
der Ferne den Park, den Capability Brown in Chatworth
angelegt hatten. Es war Winter, der Wald schien schwarz,
und die Hügel waren schneebedeckt. Ich hob das Grab
aus, aber Evie war ja bei mir in der scharfen Kälte, in dem
beißenden Wind. An dem Abend holte sie sich eine Erkältung, aus der eine Lungenentzündung wurde, und
eine Woche später war sie auch tot.

Nun hielt mich hier nichts mehr. Ich packte meine
sämtlichen Habseligkeiten in zwei Koffer, ging zum
Nähzimmer und klopfte an die Tür. Seit einem Jahr war
diese Tür immer geschlossen. Sie sagte: »Wer ist da?«,
nicht »Herein«, obwohl es bloß ich oder aber ein Gespenst hätten sein können, denn Evie war tot, und Mrs.
Poulter hatte sie vor einem halben Jahr rausgeschmissen,
weil sie angeblich »dem Kind den Kopf vollgestopft hatte
mit lauter Lügengeschichten und Schauermärchen«.

Ich teilte ihr mit, daß ich fortgehen, daß ich nach London gehen würde. Sie fragte nicht, ob ich überhaupt Geld
hatte, also blieb es mir erspart, ihr zu sagen, daß ich alles
Geld mitgenommen hatte, das ich in Evies Zimmern in
alten Handtaschen versteckt, in Vasen gestopft und ganz
hinten in einer Schublade in einen Schal gewickelt gefunden hatte. Evie hatte mir oft genug gesagt, daß sie mir

ihre Habe hinterlassen wollte. Meine Großmutter fragte nicht danach, aber sie erwies mir den einzigen Gefallen, den ich mich je erinnere, von ihr erhalten zu haben. Sie gab mir Namen und Adresse der alten Schulfreundin, die ihr die Briefe in den blauen Umschlägen geschrieben hatte und Mitinhaberin eines Stellenvermittlungsbüros am *Strand* war.

Danach schüttelte sie mir die Hand wie einem Besucher, der auf ein halbes Stündchen vorbeigekommen war. Sie stand nicht einmal vom Stuhl auf. Sie schüttelte wehmütig den Kopf und sagte, nicht zu mir, sondern als stünde jemand anderes in der Tür, der sie hören könnte: »Wer hätte gedacht, daß es achtzehn Jahre halten würde?«

Dann nahm sie ihren Stift zur Hand und wandte sich wieder ihrer Schreibarbeit zu.

Das ist jetzt beinahe dreißig Jahre her. Die Freundin mit der Vermittlungsagentur besorgte mir eine Stelle. Ich wohnte bei ihr, bis ich ein eigenes Zimmer fand. Ich habe es zu etwas gebracht. Inzwischen leite ich meine eigene Firma und bin, wenn auch nicht gerade reich, so doch gutsituiert. Meine Ehe hielt nur kurze Zeit, aber das ist ja nichts Ungewöhnliches. Kinder wollte ich nie und habe auch keine. Fünf Basenjis sind im Lauf der Jahre meine Gefährten gewesen, einer, der zwölf Jahre alt wurde, das Pärchen, das zehn beziehungsweise elf Jahre erreichte, und dann die beiden Fünfjährigen, die ich jetzt habe. Sie haben mir immer mehr bedeutet als Geliebte oder Kinder.

Mrs. Poulter sagte mir, daß meine Großmutter mir in ihrem Testament das Haus vermacht hatte. Die Aussicht

auf diese Erbschaft glaubte ich, an dem Tag endgültig ver-
spielt zu haben, als ich wegging, die Nähzimmertür hinter mir zumachte und die Treppe hinunter zur Haustür
ging. Ich hörte nie wieder von meiner Großmutter,
schrieb keine Briefe und erhielt auch keine. Da sie etwas
über sechzig war, als ich wegging, glaubte ich,daß sie in
der Zwischenzeit wahrscheinlich gestorben war. Ich
dachte selten an sie. Ich habe große Anstrengungen un-
ternommen, meine traurige Kindheit zu verdrängen.

Eines Montagmorgens vor vier Jahren kam der Brief eines Anwalts an, in dem man mir mitteilte, sie sei gestorben und habe mir das Haus vermacht. Das Begräbnis
hatte bereits stattgefunden. Ich fragte mich, wer wohl die
Vorkehrungen dafür getroffen hatte. Die Harper-Greens?
Wenn sie gehofft hatten, etwas zu erben, dann wurden sie
herb enttäuscht, denn alles war mir überschrieben, das
Haus mit sämtlichem Inventar und das Grundstück, von
dem aus man die sanften Hügel und die Wälder von
Chatsworth sehen konnte.

Nun würde ich die Antwort auf all die Fragen erhalten,
die Lösung so vieler Rätsel. Ich fuhr an einem Herbst-
morgen hinauf, meine Basenjis, die damals noch Welpen
waren, hinten im Kombiwagen. Bestand die Wahrheit
darin, daß sie mich die ganze Zeit doch geliebt, mich auf
ihre kühle, unausgesprochene Art doch geachtet hatte?
Oder hatte sie sich einfach nicht die Mühe gemacht, das
Testament ändern zu lassen, weil es, obwohl sie für mich
nichts empfand, sonst niemanden gab, für den sie mehr
empfunden hätte? Ich neigte eher zu dieser Annahme.
Während ich durch die Grafschaften und Landkreise
fuhr, die Hausschlüssel neben mir auf dem Beifahrersitz,
gestattete ich mir, über diese Dinge Mutmaßungen anzu-

stellen, die ich mir selbst so lange verweigert hatte, über die seltsame, lieblose Ehe meiner Großeltern, über die Weigerung meiner Mutter, mich zur Adoption freizugeben, über ihre Bereitschaft, mich einem Schicksal zu überlassen, das sie selbst bereits kannte, über die Identität meines Vaters. Welcher von den ermordeten Männern er wohl war? Oder war er keiner davon? Welche Strafe hätte meinen Großvater wohl ereilt, wenn er gewartet und sich ihr gestellt hätte, anstatt mit dem Gewehr in den Wald zu gehen?

Wir betraten das Haus, die Hunde und ich. Alles war voller Staub, und an der Decke hingen Spinnweben, aber der Geruch, der mir entgegenkam, als ich die Treppe hochging, war der Geruch von Papier, altem Papier, das mit der Zeit vergilbt und an einem luftdichten Platz aufbewahrt worden war. Die Tür zum Nähzimmer war unverschlossen. Im Kamin lag Asche, und das silberne Aladin-Feuerzeug stand immer noch auf dem Kaminsims. Ein Blatt Papier lag auf der Schreibunterlage auf dem Eßtisch für zwölf Personen. Neun oder zehn Zeilen waren daraufgeschrieben, der letzte Satz brach mittendrin ab, ein Füllfederhalter lag da, wo meine Großmutter ihn fallen gelassen hatte, und ein Tintenklecks saß an dem letzten, halbvollendeten Wort. Ich verspürte eine seltsame Scheu und wachsendes Entsetzen. Das Elend, das ich vergessen zu haben glaubte, begann sich wieder vorzudrängen und mit ihm meine Kindheitserinnerungen.

Mit den Schlüsseln, die ich am Bund bei mir hatte, schloß ich die einbruchsicheren Schranktüren auf. Es war alles da, all die Geheimnisse, in fünfzig Einklebebüchern, in tausend erhaltenen Briefen und tausend Kopien abgeschickter Briefe, in hundert Tagebüchern, in Urkunden und Abmachungen und Verträgen, in unzähligen handschriftlichen Manuskripten. Der Geruch von Papier, oder vielleicht war es auch der Geruch von Tinte, war ätzend und widerlich. Die Hunde trappten im Zimmer herum, schnüffelten in den Ecken, schnüffelten an den Fußbodenleisten entlang und um Stuhlbeine herum, schnüffelten und reckten wie in Gedanken die Köpfe hoch, als überlegten sie sich, was es wohl war, was sie da rochen.

Ich begann, die Schränke auszuräumen. Alles müßte Seite für Seite, Wort für Wort ausgewertet werden, und zwar in diesem Haus, in diesem Zimmer. Wie sollte ich es denn mitnehmen, außer in einem Möbelwagen? Ich stellte mir diese trübselige Aufgabe vor, die bedrückende Niedergeschlagenheit, wenn traurige und schreckliche Dinge allmählich zum Vorschein kommen würden. Tränen traten mir in die Augen, und ich fing an zu weinen, während ich inmitten der Berge von Papier auf dem Boden kniete. Die Hunde kamen und leckten meine Hände, so wie Hunde die Wunden des Lazarus geleckt hatten.

Dann stand ich auf, trat zum Kamin und nahm das silberne Feuerzeug meines Großvaters vom Kaminsims. Ich knipste es mit dem Daumen an, und die Flamme flackerte hellrot und blau auf. Die Basenjis beobachteten mich. Sie sahen zu, wie ich das Feuerzeug an den Berg von Papieren hielt und die Flamme über das erste Blatt züngelte, erstarb, schwelte, züngelte, knisterte, in helles Lodern ausbrach.

Ich nahm die Hunde hoch, unter jeden Arm einen, und rannte die Treppe hinunter. Die Haustür fiel krachend hinter mir ins Schloß. Was mit den Schlüsseln geschah, weiß ich nicht, ich glaube, ich habe sie drinnen gelassen.

Ich sah mich nicht um, sondern fuhr schnell zurück nach London.

Es war versichert gewesen, aber natürlich machte ich keine Ansprüche geltend. Das Grundstück gehört mir, und ich könnte ein neues Haus darauf bauen lassen, aber ich glaube, das werde ich nicht tun. Vor zwei Jahren schrieb mich ein Touristikunternehmen an und fragte, ob sie Gruppen herbringen dürften, um im Rahmen der Derbyshire-Rundfahrt das ausgebrannte Gerippe zu besichtigen. Und so fährt, wie ich erfahren habe, der Bus nach Chatsworth und Haddon Hall und zu Bess of Hardwicks Haus nun auch die gewundene Straße den Hügel hinauf zum Haus meiner Kindheit, um den Touristen die rußgeschwärzte Ruine und die unvergleichliche Aussicht zu zeigen.

Ich werde nie vergessen, wie die Polizei mir mitteilte, daß mein Haus abgebrannt war. Später vermutete man Brandstiftung, und so erklärt auch der Reiseführer den Besuchern die Zerstörung. Aber an jenem Abend, ein paar Stunden nach meiner Rückkehr, kam die Polizei und sprach sehr sanft und behutsam mit mir. Ich sollte mich setzen, Ruhe bewahren, mich auf etwas sehr Schlimmes gefaßt machen.

Sie nannte es eine schlechte Nachricht.

Hilfe im Haushalt

1

Der kleine Junge wurde Ende des Jahres drei. Er war recht groß für sein Alter. Nell, die zwar sein Kindermädchen war, sich aber bescheiden als Haushaltshilfe bezeichnete, war beunruhigt über seine Unfähigkeit oder Abneigung zu sprechen.Es war wahrscheinlich bloß Abneigung, denn Daniel war nicht taub, das war offensichtlich, und der Arzt, der ein paar Tests mit ihm machte, meinte, er sei intelligent. Das wußten seine Eltern und Nell, auch ohne daß man es ihnen sagte.

Er hatte eine übersteigerte Vorliebe für Automobile. Niemand wußte, weshalb, da weder Ivan noch Charlotte sich sonderlich für Autos interessierten. Sie hatten natürlich eines und fuhren es beide, aber Charlotte gab zu, daß sie nie begriffen hatte, wie ein Verbrennungsmotor funktionierte. Die Leidenschaft ihres Söhnchens fanden sie amüsant. Wenn er morgens aufwachte, krabbelte er zu ihnen ins Bett und ließ Spielzeuglaster und Miniaturtraktoren über die Kissen rasen, wobei er laut »brrm, brrm, brrm…« rief.

»Sag ›Auto‹, Daniel«, sagte Charlotte. »Sag ›Laster‹.«
»Brrm, brrm, brrm«, machte Daniel.

Ganz besonders gern saß er im Fahrersitz auf Ivans oder Charlottes Knie, um dort – streng überwacht natür-

lich – an den Hebeln und Knöpfen zu ziehen, die die
Scheibenwischer und Scheinwerfer in Gang setzten, die
automatische Gangschaltung auf ›D‹ zu stellen, das Licht
einzuschalten, das aufleuchtete, wenn der Beifahrer
nicht angeschnallt war, die Handbremse zu lösen und natürlich zu hupen. Dabei machte er die ganze Zeit: »Brrm,
brrm, brrm«. Im Sommer vor seinem dritten Geburtstag
sagte er dann »Auto« und »Traktor« und »Motor« sowie
»brrm, brrm, brrm«. Mama und Papa und Nell hatte er
schon seit geraumer Zeit sagen können. Bald wurde sein
Wortschatz immer größer, und Nell sorgte sich nicht
mehr, obgleich Daniel keine Anstalten machte, ganze
Sätze zu sagen.

»Das liegt vielleicht daran, daß er ein Einzelkind ist«,
sagte sie eines Abends zu Ivan, als sie, nachdem sie Daniel zu Bett gebracht hatte, wieder herunterkam.

»Und wahrscheinlich eins bleiben wird«, erwiderte
Ivan, »unter den gegebenen Umständen.«

Er sprach mit gedämpfter Stimme. Charlotte war noch
länger im Büro geblieben, aber jetzt war sie zu Hause und
legte im Flur gerade den Mantel ab. Weil Charlotte da
war, gab Nell keine Antwort auf Ivans vielsagende Bemerkung. Sie wollte ein vorwurfsvolles Lächeln aufset-
zen, aber es gelang ihr nicht. Charlotte ging hinauf, um
Daniel gute Nacht zu sagen, und kurz darauf ging auch
Ivan nach oben. Als sie allein war, dachte sich Nell, daß
Ivan doch recht gut aussah und so etwas Herrisches, um
nicht zu sagen Skrupelloses, an sich hatte. Die Vorstellung von Ivans Skrupellosigkeit fand sie ziemlich aufregend. Charlotte gehörte zu der Art von Frauen, die man
»attraktiv« nennt, ohne damit sagen zu wollen, daß man
selbst oder andere sich sonderlich von ihr angezogen

fühlten. Nell nahm an, daß sie um einiges älter war als Ivan, oder vielleicht sah sie nur älter aus.

»Wenn ich dich doch vor vier Jahren kennengelernt hätte«, sagte Ivan eines Nachmittags, als Charlotte im Büro war und er sich den Tag freigenommen hatte. Er war nun fast vier Jahre verheiratet. Nell hatte die Glückwunschkarten gesehen, die er und Charlotte zu ihrem dritten Hochzeitstag bekommen hatten.

»Ich war doch damals erst siebzehn«, sagte sie. »Ich bin noch zur Schule gegangen.«

»Was macht das schon aus?«

Daniel schob einen Spielzeug-Landrover am Fensterbrett und an der Fußbodenleiste entlang und am Türrahmen hoch, dabei machte er: »Brrm, brrm, brrm.« Er kletterte auf einen Sessel, fiel herunter und fing an zu schreien. Nell nahm ihn hoch und hielt ihn in den Armen.

»Du siehst wunderschön aus«, sagte Ivan. »Wie eine Madonna von Murillo.«

Ivan war Besitzer einer Kunstgalerie in Mayfair und kannte sich in diesen Dingen aus. Er fragte Nell, ob es denn nicht Zeit für Daniels Schläfchen sei, aber Nell meinte, allmählich sei er zu alt für Mittagsschlaf, und meistens mache sie mit ihm einen Spaziergang. »Dann begleite ich dich«, sagte Ivan.

Jetzt im August lief das Geschäft schleppend – im Gegensatz zu Charlottes Geschäft –, und Ivan nahm öfter mal einen freien Tag. Zu Charlotte sagte er, er wolle gern so viel wie möglich mit Daniel zusammensein. Wenn man die Kleinen nicht gerade zu übertrieben später Stunde schlafen legte, wüchsen sie doch auf, fast ohne ihre Väter zu kennen.

»Oder ihre Mütter«, sagte Charlotte.

»Keiner zwingt dich zu arbeiten.«

»Stimmt. Ich überlege mir ja, ob ich aufhöre, dann brauchen wir Nell auch nicht mehr.«

Nell konnte nicht Auto fahren. Wenn sie einkaufen ging, chauffierte Ivan sie. Er kam dazu extra früh nach Hause. Das Haus war eine freistehende viktorianische Villa, die Garage eine umgebaute Remise mit einem Tor, das wie ein Rolladen heruntergezogen wurde. Wenn man den Wagen herausgefahren hatte, war es jedesmal lästig, aussteigen und das Tor herunterziehen zu müssen, aber Charlotte meinte, die Garage offenstehen zu lassen, würde Einbrecher heranlocken. Nell saß vorn auf dem Beifahrersitz und Daniel auf dem Rücksitz. Damals waren Sicherheitsgurte auf dem Rücksitz kaum üblich, und Kindersitze waren die Ausnahme.

Es passierte ganz plötzlich. Ivan stellte die Automatik auf ›P‹, zog die Handbremse und stieg aus, um das Garagentor zuzumachen. Sein Glück war, daß er auf dem Zementboden hinten in der Garage etwas bemerkte, das aussah wie eine Ölpfütze, und ein paar Schritte zur Seite trat, um nachzusehen. Daniel stürzte sich mit dem Aufschrei »Brrm, brrm!« ohne weitere Vorwarnung über die Lehne des Fahrersitzes nach vorn und griff nach den Schalthebeln. Er schaltete die Scheinwerfer auf Höchststufe, stellte die Automatik auf ›D‹, ließ Wasser über die Windschutzscheibe sprühen und zerrte die Handbremse los.

Der Wagen schoß mit grellen Scheinwerfern vorwärts. Nell schrie auf. Sie wußte nicht, wie sie anhalten sollte, sie hatte keine Ahnung, was eine Handbremse war, wo die Fußbremse war, sie konnte nur den lachenden, trium-

phierenden Daniel festhalten. Das Auto fuhr ein paar
Meter den Abhang hinunter, brauste in die Garage, ver-
langsamte die Fahrt, als es die ebene Fläche erreichte und
kam fast zum Stehen, während Ivan sich auf Zehenspitzen hart an die Wand preßte.

Nell fing an zu weinen. Sie war völlig verängstigt. Als
sie Ivan in Gefahr schweben sah, wurde ihr schlagartig
vieles über sich selbst und über ihn bewußt, das sie vorher nicht erkannt hatte. Er kam heraus, schaltete den
Motor aus und trug Daniel ins Haus zurück. Nell kam
hinterher, immer noch weinend. Ivan schloß sie in die
Arme und küßte sie. Ihr wurde schwach in den Knien,
und sie glaubte, ohnmächtig zu werden, von dem Schock
vielleicht, oder vielleicht auch nicht. Ivan drängte mit
der Zunge ihre Lippen auseinander und steckte seine
Zunge in ihren Mund; nach einer Weile schlug er vor,
nach oben zu gehen. Nicht, wenn Daniel im Haus ist,
stöhnte Nell.

»Verdammt, Daniel ist doch immer im Haus«, sagte
Ivan.

Als Charlotte nach Hause kam, erzählten sie ihr, was
Daniel angestellt hatte. Ihnen war nicht nach Reden zumute, besonders nicht mit Charlotte, aber es hätte seltsam gewirkt, gar nichts zu sagen. Charlotte meinte, Ivan
sollte mit Daniel sprechen, er sollte sanft, aber ernsthaft
mit ihm sprechen und ihm erklären, daß das, was er da
getan hatte, sehr ungezogen war. Es sei gefährlich und
hätte Papa vielleicht weh tun können. Also setzte Ivan
sich Daniel aufs Knie und hielt ihm einen freundlichen,
aber ernsten Vortrag, indem er ihm einschärfte, so etwas
wie heute nachmittag nie wieder zu tun.

»Daniel Auto fahren«, sagte Daniel.

Es war der erste ganze Satz, den sie je von ihm gehört hatten, und Charlotte war trotz des Ernstes der Lage entzückt. Sie fanden es besser, niemandem von dem Vorfall zu erzählen, aber dieser Vorsatz wurde rasch gebrochen. Charlotte erzählte es ihrer Mutter und ihrer Schwiegermutter, und Nell gestand Charlotte, daß sie es ihrem Freund erzählt hatte. In Wirklichkeit hatte Nell gar keinen Freund, aber Charlotte sollte glauben, sie hätte einen. Der Hausarzt und seine Frau kamen zum Abendessen, und sie erzählten es ihnen. Ivan war klar, daß er dem Hausarzt (und den vier anderen weiteren Tischgästen) die Geschichte deshalb erzählt hatte, weil sie ein Beispiel für die Intelligenz eines Kindes war, das man andernfalls vielleicht langsam als geistig behindert betrachten würde. Sobald sich eine Gelegenheit bot, erzählte er es den beiden Frauen, die bei ihm in der Galerie arbeiteten, und Charlotte erzählte es ihrem Chef und den beiden Mädchen, die für sie Schreibarbeiten machten.

Im September nahm Charlotte zwei Wochen Urlaub. Das Geschäft in der Galerie ging immer noch schleppend, und sie hätten eigentlich ein bißchen wegfahren können, aber das hätte bedeutet, Nell mitzunehmen, und Charlotte wollte für sie nicht auch noch eine übertriebene Hotelrechnung bezahlen. Sie hatte vor, bei ihrem Söhnchen zu Hause zu bleiben, und Nell könnte die Nachmittage ja freinehmen. Charlottes Mutter hatte gesagt, ihrer Meinung nach sei Nell im Begriff, unaufhaltsam Daniels Zuneigung zu stehlen. Ivan fuhr mit Nell in ein Motel an der Autobahn, wo er vorgab, sie seien ein Ehepaar auf dem Weg nach Harwich, um ein Wochenende in Amsterdam zu verbringen.

Am Anfang war Nell wegen dieses Gesichtspunkts et-

was nervös gewesen, aber inzwischen war sie voll verliebt in Ivan, daß sie am liebsten die ganze Zeit mit ihm
geschlafen hätte. Sooft sie ihn sah, und das war täglich einige Stunden, wollte sie mit ihm schlafen.

»Ich muß mir überlegen, wie das weitergehen soll«,
sagte Ivan im Motelzimmer. »Wir können doch nicht
einfach zusammen weggehen.«

»O nein, das verstehe ich. Du würdest deinen kleinen
Sohn verlieren.«

»Ich würde mein Haus verlieren und die Hälfte meines
Einkommens«, sagte Ivan.

Sie kamen sehr spät nach Hause, Ivan als erster, Nell
wie abgemacht eine halbe Stunde später. Ivan sagte zu
Charlotte, er habe noch bis elf gearbeitet und eine Privat-
ausstellung vorbereitet. Sie glaubte ihm das nicht so
ganz, aber Nell glaubte sie, als die ihr sagte, sie sei mit ihrem Freund im Kino gewesen. Nell war ständig unterwegs mit diesem Freund, offensichtlich war es etwas
Ernstes, was Charlotte gar nicht so unrecht war. Nell
würde heiraten, und verheiratete Frauen wohnen nicht
als Kindermädchen bei einem. Wenn Nell von sich aus
ging, würden sie sie schon nicht entlassen müssen. Sie
hatte inzwischen so ein komisches Gefühl bei Nell, obwohl sie es nicht genau benennen konnte; es war vielleicht nur die Befürchtung, Daniel könnte das Kindermädchen ihr selbst vorziehen.

»Er geht zuerst zu ihr, bevor er zu dir kommt«, sagte
Charlottes Mutter. »Paß da bloß auf.«

Er saß ständig auf Nells Schoß und umarmte sie. Er
mochte es, wenn sie ihn badete. Nell war sein Liebling,
wenn es ums Vorlesen einer Gutenachtgeschichte ging,
Nell mit dem süßen Gesicht, den sanften blauen Augen

und dem langen blonden Haar. Ganz besonders mochte er es, wenn sie ihn mit ihren zarten Fingern berührte und er sich fest an sie schmiegen konnte.Eines Samstagmorgens, als Nell gerade Gemüse für sein Mittagessen schnitt, rannte Daniel von hinten auf sie zu und umarmte ihre Beine. Nell hatte ihn nicht kommen hören, das Messer rutschte ihr aus, und sie brachte sich einen langen, klaffenden Schnitt bei, quer über Zeigefinger und Handfläche ihrer linken Hand.

2

Der Schnitt ging vom ersten Zeigefingerglied schräg hinunter zum Handgelenk und folgte dem Verlauf der, wie Handleser es nennen, Lebenslinie. Der Anblick von Blut, besonders ihrem eigenen, erschreckte Nell. Sie hatte einen lauten Schrei ausgestoßen und wimmerte nun verängstigt. Blut strömte aus ihrer Hand und sprudelte in kleinen Stößen hervor wie die Ölquelle, die sie einmal im Fernsehen gesehen hatte. Es tropfte von der Kante der Anrichte herunter, und Daniel, den der Anblick überhaupt nicht schreckte, fing die Spritzer mit dem Zeigefinger auf und malte damit Schnörkel an die Schranktür.

Als Charlotte in die Küche kam, erfaßte sie sofort, was geschehen war, und wurde böse. Wenn Nell Daniel zu diesen Zärtlichkeitsbekundungen nicht ermuntert hätte, dann hätte er sie auch nicht so umarmt und sie hätte sich nicht geschnitten. Eigentlich hätte er draußen in der frischen Luft sein und seine Mutter umarmen sollen, die ein Gartenschäufelchen in der Hand hatte statt eines Messers. Charlotte hatte sich schon auf ein frühes Mittagessen gefreut, damit sie nachmittags die zwölf Zwergrosen in das runde Beet im Vorgarten einsetzen konnte.

»Das muß genäht werden«, sagte sie. »Du mußt eine Spritze gegen Wundstarrkrampf kriegen.« Da bemerkte sie, was Daniel anstellte und zog ihn weg. »Das ist sehr ungezogen und abscheulich, Daniel!« Daniel fing an zu schreien und Charlotte mit den Fäusten ins Gesicht zu schlagen.

»Muß ich jetzt ins Krankenhaus?« fragte Nell.

»Ja, natürlich. Wir verbinden das ein bißchen, damit es aufhört zu bluten.« Ivan war auch im Haus, oben in einem sogenannten Arbeitszimmer. Es wäre praktischer für Charlotte, wenn Ivan Nell ins Krankenhaus fahren könnte, aber unerklärlicherweise verspürte sie plötzlich eine starke Abneigung gegen diese Idee. An so was hatte sie noch nie gedacht, aber sie wollte Ivan nicht mehr mit Nell allein lassen. »Ich fahre dich. Wir nehmen Daniel mit.«

»Können wir ihn nicht bei Ivan lassen?« fragte Nell, die sich ein Geschirrtuch fest um die Hand gewickelt hatte und beobachtete, wie sich das Blut durch das Muster, eine Landkarte von Schottland, einen Weg bahnte. »Wir könnten doch Ivan bitten, auf Daniel aufzupassen. Vielleicht«, fügte sie hoffnungsvoll hinzu, »dauert es ja gar nicht lang.«

»Es wäre mir lieb, wenn du dich nicht in meine Anordnungen einmischen würdest«, fuhr Charlotte sie an.

Nell fing an zu weinen. Daniel, der immer noch an Charlottes Schulter heulte, streckte die Ärmchen nach ihr aus. Mit einem Ausruf der Ungeduld übergab ihn

Charlotte. Sie wusch sich im Spülbecken die Erde von den Händen, während Nell schniefte und Daniel leise etwas vorsummte. Sie nahmen die Mäntel von der Garderobe, Charlotte griff wahllos nach einer olivgrünen Daunenjacke, die ihre Schwiegermutter dagelassen hatte, und ging nach draußen. Die zwölf Rosenpflänzchen lagen im Kreis am Rand des Blumenbeets, die Wurzeln mit grüner Plastikfolie umwickelt. Nell stand in der Garagenauffahrt und schmuste mit Daniel, wobei das Geschirrtuch keinen besonders wirkungsvollen Verband abgab. Mittlerweile hatte das Blut ganz Caithness und Sutherland verdunkelt. Als sie hinuntersah, fühlte Nell, wie ihr schwach wurde, aber es war nicht wie die Schwäche von damals, als Ivan sie zum ersten Mal geküßt hatte.

Charlotte schob das Garagentor hoch, stieg in den Wagen und fuhr rückwärts heraus. Sie nahm Nell Daniel ab und setzte ihn auf den Rücksitz, wo er seinen Fuhrpark von kleinen Autos, Lastwagen, Panzern und Limousinen deponiert hatte. Schon tat es ihr leid, daß sie Nell so angefahren hatte, und sie machte ihr die Beifahrertür auf. Die blasse, hübsche Nell in ihrem höchst kleidsamen, dünnen schwarzen Regenmantel war durch den Schock und den Schmerz ganz zerbrechlich geworden.

»Setz dich doch hin. Leg den Kopf zurück, und mach die Augen zu. Du bist ja totenblaß.«

»Brrm, brrm«, machte Daniel und fuhr einen Triumph Dolomite an der Lehne des Fahrersitzes hoch.

Nachdem ja Ivan im Haus war, brauchten sie das Garagentor nicht zu schließen. Charlotte fiel ein, daß sie ihm trotz ihrer feindseligen Gefühle doch sagen sollte, daß sie wegfuhren und wohin. Aber bevor sie die Haustür erreichte, ging sie auf, und Ivan trat heraus.

»Was ist denn passiert? Wieso habt ihr denn so ge-
schrien?«

Sie erzählte es ihm. Er sagte: »Dann fahre ich Nell ins
Krankenhaus. Selbstverständlich fahre ich sie, das hättest du dir doch denken können. Ich verstehe nicht,
wieso du es mir nicht gleich gesagt hast, als es passiert
ist.«

Charlotte schwieg. Sie dachte nach. Sie glaubte in
Ivans Stimme einen ungewohnt betroffenen Ton zu hören, eine Art von Besorgnis, die man für eine Person äu-
ßert, die einem sehr am Herzen liegt.

Und seltsamerweise war dieser Blick wieder da, den sie
früher einmal so anziehend an ihm gefunden hatte. Mehr
denn je ähnelte er einem Banditen oder Piraten, dem zur
völligen, überzeugenden Wirkung nur noch ein Paar gol-
dene Ohrringe oder ein Messer zwischen den Zähnen
fehlten.

»Es ist absolut nicht nötig, daß du fährst«, sagte er in
dem harschen Ton, den er sich ihr gegenüber in letzter
Zeit angewöhnt hatte. »Es ist doch nicht nötig, daß die
gesammelte Mannschaft geht.«

Da ging ihr ein Licht auf, plötzlich fügte sich alles fein
ineinander, einsame Abende und seltsame Ausreden fielen ihr wieder ein, und Charlotte sagte: »Und ob ich
fahre. Ich fahre in dieses Krankenhaus, und wenn's das
letzte ist, was ich tu.«

»Mach, was du willst.«

Ivan setzte sich auf den Fahrersitz. Er sagte zu Nell:
»Kopf hoch, Schatz, daß dir auch so was Scheußliches
passieren mußte.«

Nell öffnete die Augen, lächelte ihn matt an und schob
mit der unverletzten Hand den Vorhang hellgelber Haare

zurück, die ihr über das blasse, verweinte Gesicht gefallen waren.

Auf dem Rücksitz legte Daniel von hinten die Ärmchen um den Hals seines Vaters und fuhr den Triumph Dolomite an seinen Rockaufschlägen hoch.

»Du könntest wenigstens das Garagentor zumachen«, rief Charlotte. »Das fehlte noch, daß wir wiederkommen, und jemand hat eingebrochen und die Stereoanlage geklaut.«

Ivan rührte sich nicht. Er sah Nell an. Charlotte ging die Auffahrt zum Garagentor hinunter. Mit dem Rücken zur Kühlerhaube gewandt packte sie den Schnappgriff am Tor, um es herunterzuziehen. Die grüne Daunenjacke paßte überhaupt nicht zu ihren blauen Cordhosen und machte sie dick.

Mit den Händen am Lenkrad wandte sich Ivan langsam in ihre Richtung und sah sie an. Daniel hing jetzt an seinem Hals und schob das Spielzeugauto unter Ivans Kinn hoch. »Brrm, brrm, brrm!«

»Hör auf, Daniel. Bitte, laß das.«

»Auto fahren«, sagte Daniel.

»Also gut«, sagte Ivan. »Warum nicht?«

Er schaltete auf ›D‹, machte sämtliche Scheinwerfer an, ließ die Wasserdüsen spritzen, stellte die Scheibenwischer an, löste die Handbremse und stemmte den Fuß fest aufs Gaspedal.

Als der Wagen vorwärtsschoß, sprang Charlotte, die das Tor, soweit es ging, heruntergezogen hatte und immer noch vornübergebeugt dastand, plötzlich auf, alarmiert von den grellen Lichtern. Sie stieß einen gellenden Schrei aus und streckte die Hände vor sich aus, wie um den Wagen zurückzuhalten. In diesem Augenblick sah

Nell, die Augen aufgerissen, mit dem Körper beinahe nach vorn an die Windschutzscheibe gewirbelt, Charlotte so dicht vor sich, als trieben die beiden Gesichter aufeinander zu. Charlottes Gesicht schien wie ein grinsendes Gespenst in der Geisterbahn bedrohlich über ihr zu schweben. Es war ein Anblick, den Nell nie vergessen sollte, Charlottes entsetzter Ausdruck und die Erkenntnis, das Wissen um den Grund.

Die schwachen Hände, die verzweifelten Arme konnten gegen die enorme Schubkraft des großen Wagens nichts ausrichten. Charlotte fiel rückwärts hin, schrie, brüllte. Die Kühlerhaube verdeckte ihren Sturz, und die Räder rollten über sie hinweg, als der Wagen das Garagentor durchbrach, das gegen einen solchen Ansturm wie ein brüchiges Rollo zerbarst.

Bruchstücke des zertrümmerten Tores fielen über die ganze Kühlerhaube und das Wagendach. Ein dreieckiges Stück durchstieß die Windschutzscheibe und verwandelte sie in eine Fläche aus trübem Milchglas. Nell sprang auf ihrem Sitz herum und kreischte hysterisch, aber Daniel, der sich hinter seinem Vater in ein Eckchen verkrochen hatte, saß schweigend auf dem Rücksitz und hielt einen Zipfel seines Mantelsaums fest, den er sich in den Mund schob.

Geblendet von dem Glas, das sich in ein weißes, spinnwebartiges Netz verwandelte, wich Ivan zurück, trat aufs Bremspedal und zog die Handbremse. Der Wagen ließ einen tiefen, melodiösen Laut erklingen, wie ein volltönender Akkord auf einer Kirchenorgel, was er manchmal bei Vollbremsung tat. Ivan nahm die Hände vom Steuer, warf den Kopf in den Nacken, als wollte er eine Haarlocke aus der Stirn schütteln und lehnte sich mit geschlossenen Augen zurück. Er atmete tief und gleichmäßig, wie jemand, der gleich einschläft.

»Ivan«, schrie Nell, »Ivan, Ivan, Ivan!«

Er wandte mit unendlicher Langsamkeit den Kopf, und als er direkt vor ihrem Gesicht war, öffnete er die Augen. Die Begegnung mit seinem Blick hatte sofort eine beruhigende Wirkung auf sie. Sie wimmerte leise. Er streckte die Hand aus und berührte ihre Wange, nicht mit den Fingerspitzen, sondern ganz sanft mit den Handknöcheln. Er zeichnete ihre Kinnpartie und die Biegung ihres Halses mit den Knöcheln nach.

»Deine Hand hat aufgehört zu bluten«, flüsterte er.

Sie sah hinunter auf das Bündel auf ihrem Schoß, eine rote, durchnäßte Masse. Sie begriff nicht, weshalb er das gesagt hatte oder was er damit meinte. »Oh, Ivan, ist sie tot? Sie ist bestimmt tot – nicht wahr?«

»Ich bring dich wieder ins Haus.«

»Ich will aber nicht ins Haus, ich will sterben, ich will einfach nur noch sterben!«

»Ja, gut, du hast recht, wahrscheinlich ist es besser, du bleibst noch ein Weilchen, wo du bist. Und Daniel auch. Ich gehe rein und verständige die Polizei.«

Sie streckte die Hand nach ihm aus, als er aussteigen wollte. Sie griff nach seinem Jackett und hielt sich weinend daran fest. »Oh, Ivan, Ivan, was hast du da nur getan?«

»Du meinst wohl«, meinte er, »was hat Daniel da nur getan?«

3

Nachdem er die Lage unter dem Wagen inspiziert hatte, kniete Ivan auf den Fahrersitz. Er hielt sein Gesicht ganz dicht an ihres. »Ich gehe jetzt ins Haus. Ich war im Haus, als es passiert ist. Ich kam herausgerannt, als ich den Aufprall hörte, und als ich gesehen hatte, was passiert ist, ging ich wieder rein, um die Polizei und den Krankenwagen zu rufen.«

»Ich verstehe nicht ganz, was du meinst«, sagte Nell.

»O doch, und ob. Denk doch mal nach. Ich war oben in meinem Arbeitszimmer. Du warst mit Daniel allein im Wagen, hattest den Kopf im Nacken und die Augen geschlossen.«

»O nein, Ivan, nein. Das könnte ich nicht sagen, das könnte ich den Leuten nicht erzählen.«

»Du brauchst ihnen überhaupt nichts zu erzählen. Du kannst ruhig einen Schock haben, du hast ja einen Schock. Den Leuten kannst du später was erzählen. Bis dahin hast du dich erholt.«

Nell hielt die Hände vors Gesicht, die rechte Hand und die verbundene. Sie lugte zwischen zwei Fingern hervor wie ein verängstigtes Kind. »Ist sie – ist sie tot?«

»Ja, sie ist tot«, sagte Ivan.

»Oh, mein Gott, und sie hat noch gesagt, sie fährt ins Krankenhaus, und wenn's das letzte ist, was sie tut!«

»Das Garagentor zumachen, das war das letzte, was sie getan hat.«

Er ging ins Haus. Nell fing wieder an zu weinen. Sie schluchzte, ließ den Kopf schlaff hängen und schlug ihn heulend gegen die Rückenlehne. Daniel hatte sie völlig vergessen. Er saß auf dem Rücksitz und kaute an seinem Mantelsaum; seinen Fuhrpark ignorierte er. Die Leute von nebenan, die während des Mittagessens den Lärm gehört hatten, mit dem der Wagen das Garagentor durchbrochen hatte, kamen die Einfahrt herunter, um nachzusehen, was los war. Der Mann vom Gaswerk und ein Mädchen, das gerade Werbebroschüren für Isolierverglasung verteilte, gesellten sich zu ihnen. Es war ein trüber, grauer Tag, und die Vorgärten hier in der Gegend waren mit hohen Bäumen und dichten Nadelhecken bepflanzt. Auch an den Gehwegen wuchsen Bäume. Niemand hatte gesehen, wie der Wagen über Charlotte hinweg durch das Garagentor gefahren war, niemand hatte gesehen, wer am Steuer gesessen hatte.

Die Nachbarn halfen Nell eben aus dem Wagen, als Ivan in der Haustür auftauchte. Nell fing beim Anblick von einem von Charlottes Füßen unter dem Auto und Charlottes Blut auf dem Zementboden der Einfahrt und den überall verstreuten Einzelteilen des Tores wieder an zu schreien. Die Frau von nebenan gab ihr eine Ohrfeige. Ihr Mann kam Ivans Absichten von selbst entgegen, indem er sagte: »Was für ein schrecklicher Unfall, was für eine gräßliche Tragödie! Wer hätte denn gedacht, daß das arme Kerlchen noch mal so was anstellt und daß es so tragisch endet?«

»Sehen Sie nicht hin, Liebes«, sagte das Mädchen mit der Isolierverglasung und schirmte Nell mit ihren Broschüren von der Leiche ab, die halb neben, halb unter dem Wagen lag. »Wir bringen Sie rein.«

Nell heulte noch einmal auf, als sie die Zwergrosen pflanzbereit daliegen sah. Die Frau von nebenan ging in Charlottes Küche, um Tee zu machen, und ihr Mann trug

Daniel herein, der bei Nells Anblick wieder so etwas wie einen Satz sagte.

»Daniel hat Hunger.«

»Ich kümmere mich um ihn, ich finde schon was für ihn«, sagte die Nachbarin, während sie Tee ausschenkte. »Bring ihn nur her, das arme Würmchen. Er kann ja nichts dafür, das Unschuldslämmchen, was kann er denn wissen?«

»Siehst du«, sagte Ivan, als sie wieder allein waren.

»Du hast doch wohl nicht vor, den Leuten zu sagen, Daniel hätte es getan. Das kannst du nicht, Ivan.«

»Stimmt, ich nicht, aber du kannst. Ich war ja nicht da. Ich war oben im Arbeitszimmer.«

»Ivan, die Polizei wird kommen und mich fragen.«

»Ganz richtig, und sicher gibt es auch eine gerichtliche Untersuchung. Der Coroner wird dich fragen, und die Polizei wahrscheinlich auch, und vielleicht fragen dich auch die Anwälte, ich weiß es nicht, alle möglichen Leute, aber sie sind bestimmt sehr nett zu dir, sie werden Verständnis für dich haben.«

»Ich kann diese Leute aber nicht anlügen, Ivan.«

»O doch, das kannst du, du bist eine ausgezeichnete Lügnerin. Denk doch an all die Lügen, die du Charlotte aufgetischt hast. Sie hat dir geglaubt. Erinnerst du dich an den Freund, den du erfunden hast, und wie oft du gesagt hast, du seist im Kino gewesen, wenn du bei mir warst? Im übrigen brauchst du gar nicht zu lügen. Du brauchst ihnen bloß zu erzählen, was letztes Mal passiert ist, nur daß eben diesmal die gute alte Charlotte dazwischengeraten ist.«

Nell brach in Schluchzen aus. »Ach, ich kann einfach nicht aufhören zu weinen. Was soll ich bloß machen?«

»Du mußt gar nicht aufhören zu weinen. Es tut dir wahrscheinlich sehr gut, recht viel zu weinen, also, weine ruhig weiter und hör mir gut zu. Daniel kann's ihnen nicht sagen, weil Daniel ja sowieso kaum sprechen kann. Und es ist sowieso egal, denn niemand wird ihn dafür verantwortlich machen. Du hast ja gehört, was Mrs. Wie-heißt-sie-noch-gleich gesagt hat, daß er nichts dafür kann, das kleine Unschuldslämmchen, was kann er denn wissen? Man sagt doch, Kinder wissen gar nicht, was sie tun, bevor sie sieben sind, bevor sie vernünftig werden. Jeder weiß doch, was Daniel in Autos anstellt, jeder weiß, daß es nicht das erste Mal ist.«

»Aber diesmal hat er's nicht getan.«

»Sag das nie wieder. Das darfst du nicht einmal denken. Jeder wird glauben, es war Daniel, und du brauchst es lediglich zu bestätigen.«

»Ich glaube, das kann ich nicht, Ivan. Ich glaube nicht, daß ich das fertigbringe.«

»Du weißt ja, was mit mir passiert, wenn du es nicht fertigbringst, oder?«

Die Polizei kam, bevor Nell Zeit hatte zu antworten.

Die Polizisten waren in einem ziemlichen Dilemma, weil Daniel noch so klein war, aber er erleichterte ihnen die Sache, indem er ins Zimmer kam, wo sie seinen Vater befragten, und sozusagen bestätigte, was Ivan ihnen gesagt hatte.

»Daniel Auto fahren.«

Sie wechselten Blicke mit Ivan und Nell, und einer von ihnen schrieb Daniels Worte auf. Es war fast, dachte Nell, als schrieben sie das, was er sagte, auf, um es bei der Verhandlung als Beweismittel zu benutzen, nur daß es für Daniel natürlich keine Verhandlung geben würde. Er

saß auf ihrem Schoß und hielt eins von seinen Autos in
der Hand, war aber still. Nell sagte danach zu Ivan, von
dem Tag an hätte er nie wieder »brrm, brrm« gemacht,
aber die beiden waren sich da nicht so sicher. Als die Polizisten fertig waren und gehen wollten, nahmen sie Nell
mit ins Krankenhaus, wo man ihr endlich die Hand rei-
nigte und die Wunde nähte. Die Ambulanzschwester, die
die näheren Umstände nicht kannte, bedauerte, daß sie
nicht gleich nach dem Unfall gekommen war, denn jetzt
wäre sie wahrscheinlich ihr Leben lang entstellt.

»Das ist mir schon klar«, sagte Nell.

»Es gibt ja immer noch plastische Chirurgie«, sagte die
Schwester aufmunternd.

Bis dann die Gerichtsverhandlung stattfand, war bereits eine neue Windschutzscheibe am Wagen angebracht und ein Termin für die Lackierung vereinbart
worden; für die Garage hatte man ein neues Tor vermes-
sen, und Daniel hatte noch ein paar Sätze dazugelernt.
Diejenigen, die die Autorität dazu hatten, ein paar Ärzte,
der Coroner und sein Assistent, waren jedoch alle der
Meinung, es sei aus psychologischer Sicht unklug, bei
seiner Vernehmung noch einmal die Vorgänge jenes
Samstagmorgens zur Sprache zu bringen. Wenigstens
nicht, bis er um einiges älter war. Es wäre besser, nicht zu
versuchen, ihn auszufragen, und Ermahnungen schienen
in diesem Alter sinnlos. Das klügste wäre, meinte der
Coroner, als die Verhandlung fast vorbei war, sein Vater
sorgte dafür, daß Daniel nie wieder allein auf dem Rücksitz eines Autos saß, außer angeschnallt oder unter Auf-
sicht.

Nell machte ihre Zeugenaussage mit leiser, gedämpfter Stimme. Man mußte sie ein paarmal bitten, lauter zu

sprechen. Sie beschrieb, wie sie geschwächt und mit geschlossenen Augen im Wagen gesessen habe. Es sei niemand auf dem Fahrersitz gewesen, Charlotte sei ausgestiegen, um das Garagentor zuzumachen, als Daniel plötzlich »brrm, brrm« gemacht habe und nach vorn gestürzt sei; dann habe er die Schalthebel gepackt, die Scheinwerfer eingeschaltet, die Automatik auf ›D‹ gestellt, mit den Wasserdüsen über die Windschutzscheibe gespritzt und die Handbremse gelöst. Nein, es sei nicht das erste Mal gewesen, er habe das schon einmal getan, nur habe damals seine Mutter nicht im Weg gestanden und sich hinuntergebeugt, um das Garagentor zu schließen.

Der Coroner wollte wissen, ob sie den Versuch gemacht habe, das Kind daran zu hindern, aber daraufhin brach Nell in Tränen aus und hielt mit einer dramatisch wirkenden, aber eigentlich unfreiwilligen Geste ihre verletzte Hand, die immer noch dick verbunden war, mit der Handfläche nach oben in die Luft. In den darauffolgenden Wochen, Monaten und Jahren ertappte sie sich oft dabei, wie sie diese Hand anstarrte, die weiße Narbe, die die Hand vom ersten Zeigefingerglied bis hin zu dem Fleischpolster halbierte, das sich an der Stelle, wo Hand und Gelenk sich trafen, aufwölbte. Sie sah sie auch an, als sie den Ringfinger hochhob, damit Ivan ihr den Ehering anstecken konnte.

»Unglücksfall mit tödlichem Ausgang«, so lautete der Tatbestand, wobei »Unglücksfall«, wie Ivan sagte, »Unfall« bedeutete. Es war ein Unglücksfall gewesen, daß sie sich in den Finger geschnitten hatte, und manchmal fragte sie sich, ob das alles wohl passiert wäre, wenn sie sich nicht geschnitten hätte. Wenn nämlich Daniel nicht von hinten hergerannt wäre und ihre Beine umarmt hätte. Auf seltsame Art und Weise war es vielleicht am Ende doch seine Schuld. So oder ähnlich drückte sie es Ivan gegenüber aus, der ihr zustimmte, ansonsten jedoch nie wieder ein Wort darüber verlor. Auch Nell erwähnte es nie wieder. Der Vorfall, dessen Zeuge er zweifellos geworden war, hatte offensichtlich keine nachteiligen Auswirkungen auf Daniel. Er war vier, als sie heirateten, und sprach wie jeder andere normale Vierjährige. Er schien seine Mutter nicht zu vermissen; allerdings hatte er ja, wie Ivan sagte, Nell schon immer vorgezogen.

Als Nells Tochter zur Welt kam, nachdem sie schon fünf Jahre verheiratet waren und sie die Hoffnung, je ein Kind zu bekommen, bereits aufgeben wollte, überraschte Daniel sie, während er Klein Emma betrachtete, mit der Frage nach seiner Mutter. Er wollte wissen, wie Charlotte ums Leben gekommen sei. Bei einem Autounfall, sage Nell; das war die Antwort, auf die sie sich mit Ivan geeinigt hatte.

»Irgendwann wirst du ihm aber mehr sagen müssen«, meinte Nell. »Was sagst du ihm dann?«

4

Ivan schwieg. Sein Gesichtsausdruck war wachsam und dabei berechnend. Jetzt, wo er älter wurde, ließ ihn die Skrupellosigkeit, die ihm diese betörende, piratenhafte Erscheinung verliehen hatte, fast wölfisch wirken. Nell wiederholte ihre Frage.

»Was wirst du Daniel sagen, wenn er dich fragt, wie Charlotte ums Leben gekommen ist?«

»Ich werde sagen, bei einem Autounfall.«

»Na, damit wird er sich nicht zufriedengeben, oder? Er wird wissen wollen, wer gefahren ist, ob jemand anderes beteiligt war und so weiter.«

»Ich werde ihm die Wahrheit sagen«, beharrte Ivan.

»Du kannst ihm die Wahrheit aber nicht sagen! Wie willst du das denn machen? Was soll er denn von dir halten, wenn du ihm das sagst? Er wird dich hassen wie die Pest. Er geht vielleicht sogar her und erzählt den Leuten, sein Vater – na, du weißt schon. Ehrlich gesagt, ich bring's gar nicht über die Lippen.«

»Es freut mich, zu hören, daß es etwas gibt, das du nicht über die Lippen bringst. Eine nette Abwechslung.« Wenn er sich über etwas ärgerte, hatte Ivan sich in letzter Zeit angewöhnt, die Oberlippe zurückzuwölben und seine Zähne und das rote Zahnfleisch zu entblößen.

»Was genau beabsichtigst du Daniel zu sagen, Ivan?«

»Wenn sich die Gelegenheit ergibt, werde ich ihm die Wahrheit über Charlottes Tod sagen. Ich werde ihm sagen, daß technisch gesehen er schuld war, aber daß er in seinem Alter nichts dafür konnte. Ich werde ihm so ehrlich wie möglich sagen, daß er den Wagen in Gang gesetzt und Charlotte damit überfahren hat.«

»Und das ist die Wahrheit?«

»Du müßtest es doch wissen«, sagte Ivan mit seinem Wolfsgesicht und der gewölbten Oberlippe. »Das hast du doch bei der Gerichtsverhandlung gesagt.«

Daniel hatte nur deshalb nach seiner Mutter gefragt, dachte Nell, weil er eifersüchtig war. Er war eifersüchtig auf Emma. Bisher hatte er Nells ungeteilte Zuwendung gehabt, oder wenigstens die Zuwendung, die sie neben Ivan für ihn erübrigen konnte. Zu sehen, wie Nell mit diesem Neuankömmling beschäftigt war, zu begreifen, daß er vielleicht nie wieder einen Alleinanspruch auf sie haben würde, erinnerte ihn daran, daß er einmal eine eigene Mutter gehabt hatte.

Für Nell gab es vieles, das an sie erinnerte. Jedesmal, wenn sie die Zwergrosen sah – und das war täglich –, mußte sie an Charlotte denken. Ivan hatte sie selbst eingepflanzt, am Tag nach Charlottes Beerdigung. Den Wagen fuhren sie nie wieder, sondern gaben ihn für einen neuen in Zahlung. Als Emma ein Jahr alt war, zogen sie weg aus dem Haus in ein größeres, älteres. Nell war froh, die Rosen loszuhaben, aber ihre Hand mit der weißen Narbe, die auf so unheimliche Weise die Lebenslinie nachzog, konnte sie nicht loswerden. Und sie konnte es nicht vermeiden, ab und zu eine Landkarte von Schottland zu sehen.

In dem neuen Haus verloren sie ihren Babysitter. Die Frau von nebenan, die bisher das Baby gehütet hatte, war nicht bereit, dafür zehn Meilen zu fahren. Ivan hatte ein paarmal vorgeschlagen, ein Kindermädchen zu engagieren, aber Nell war dagegen. Sie wußte noch, wie Daniel sie damals offensichtlich seiner eigenen Mutter vorgezogen hatte. Im übrigen war sie seit der Eheschließung nie einer, wie Ivan es nannte, Erwerbstätigkeit nachgegangen. Sie hatte natürlich gearbeitet, aber es war eben die ermüdende und zeitraubende Betätigung gewesen, sich um Daniel zu kümmern und später dann auch um Emma. Und sie hatte das Haus immer sauber und gemütlich gehalten und Auto fahren gelernt.

Ein junges Mädchen, das bei Ivan in der Galerie arbeitete, wohnte nur ein paar Straßen weiter. Sie sagte, sie hätte Kinder gern und bot an, einmal in der Woche auf das Baby aufzupassen. Ivan erzählte Nell, sie heiße Denise und sei dreiundzwanzig, aber sonst sagte er nichts, und es war ein gewisser Schock für Nell, als sie feststellte, daß sie außerdem sehr hübsch war und langes, gewelltes kastanienbraunes Haar hatte. Sie brauchten sie eigentlich weniger als einmal in der Woche, denn Ivan arbeitete abends oft länger, so daß er nie rechtzeitig zum Essen nach Hause kam und dann keine Lust mehr hatte, noch einmal auszugehen.

»Emma wächst auf, ohne ihren Vater richtig zu kennen«, sagte Nell.

»Dann geh doch und arbeite als Kindermädchen«, erwiderte Ivan. »Wenn du so viel verdienst wie ich, höre ich gern auf und kümmere mich um die Kinder.«

Denise hütete das Baby am Abend ihres sechsten Hochzeitstages und an Nells Geburtstag. Emma, die Nell für hyperaktiv hielt, blieb fast den ganzen Abend bei Denise auf dem Schoß sitzen, spielte mit dem Inhalt von Denises Handtasche und brüllte, wenn diese Anstalten machte, sie wieder ins Bett zu stecken. Denise sagte, es mache ihr gar nichts aus, sie hätte Kinder gern. Emma klammerte sich an sie und schlug mit den Fäusten nach Nell, als diese versuchte, sie dem Mädchen abzunehmen.

»Ich fahre dich nach Hause«, sagte Nell.

»Das ist nicht nötig«, meinte Ivan. »Ich mache das schon. Bleib du hier bei Emma.«

Denise hatte einen Freund, von dem sie ständig erzählte. Wenn sie nicht auf das Baby aufpassen konnte, dann deshalb, weil sie mit ihrem Freund ausging. Ivan sagte, er habe ihn einmal gesehen, als er Denise abholte, aber als Nell wissen wollte, wie er war, konnte Ivan ihn nur insofern beschreiben, als er meinte, er sei ganz gewöhnlich und nichts Besonderes. Nell wußte zwar nicht, wo sie einen anderen Babysitter hernehmen sollten, aber manchmal hoffte sie, Denise meinte es ernst mit diesem Freund, denn dann würde sie vielleicht heiraten.

Ivans Vorschlag, sie solle sich eine Arbeit suchen, war, wenn auch nur ironisch gemeint, absurd. Sie hatte alle Hände voll zu tun mit Emma, die für ein Kind von achtzehn Monaten ungewöhnlich viel Energie hatte. Emma hatte mit zehn Monaten bereits laufen gelernt und schlief nie länger als sechs Stunden pro Nacht, wenngleich sie tagsüber manchmal vor lauter Erschöpfung umfiel und einschlief.

Es war also kaum erstaunlich, daß sie noch kein einziges Wort gesagt hatte, sie war ja jünger, als diese ganze Umtriebigkeit annehmen ließ, und wie Nell einmal Daniel gegenüber bemerkte, hatte sie ja gar keine Zeit zum Sprechen.

»Du hast auch nicht gesprochen, bis du fast drei warst«, sagte Nell und fügte, unklugerweise, wie sie sofort merkte, hinzu: »Da muß etwas sein bei den Kindern deines Vaters...«

»Ja«, sagte Daniel, »da muß was sein. An dir oder an meiner Mutter kann es nicht liegen. Ich möchte wissen, was mit meiner Mutter geschehen ist.«

»Es war ein Autounfall.«

»Ja, ich weiß. Ich meine, ich würde gern die Einzelheiten erfahren, ich würde gern wissen, was da genau passiert ist.«

»Dein Vater wird es dir sagen, wenn du größer bist.«

Nun hatte Nell ein Geheimnis daraus gemacht, und ihr war klar, daß das ein Fehler war. Sie hatte die Absicht, Ivan vorzuwarnen, aber sie sah ihn tagelang gar nicht. Sie hatten verabredet, am Freitagabend auszugehen, aber Ivan rief an, um zu sagen, daß er noch länger arbeiten und Denise telefonieren und ihr absagen würde. Er kam um Mitternacht nach Hause und am Samstagabend fast genauso spät. Daniel erwischte ihn am Sonntagmorgen gerade noch.

»Je früher Daniel ins Internat kommt, desto besser wäre es«, sagte Ivan zu Nell.

»Das dauert aber noch ein Jahr.«

»Vielleicht wäre es ganz gut, wenn er sich für dieses Jahr irgendwo ein Zimmer nimmt.«

»Ich will aber nicht, daß er weggeht, ich will, daß er hierbleibt. Und du solltest das nicht sagen, daß er nicht mein Kind ist, das hat mit mir gar nichts zu tun, er ist doch eher meins als deins. Du konntest ihn doch noch nie ausstehen.«

Ivans einst rabenschwarzes Haar war früh ergraut. Inzwischen hatte es die Farbe eines Wolfspelzes, und der Schnurrbart, den er sich hatte wachsen lassen, war stahlgrau. Vielleicht war es dieser Kontrast, durch den das Innere seines Mundes so rot und seine Zähne so weiß wirkten, wenn er mit dieser scheußlichen Manieriertheit die Oberlippe wölbte. Wäre er ein Tier, meinte Nells Mutter, würde man es Zähnefletschen nennen, aber Menschen fletschten ja nicht die Zähne.

»Willst du damit behaupten, ich kann mein eigenes Kind nicht ausstehen?«

»Ja, das will ich. Das sage ich. Wir mögen Menschen nicht, denen wir weh getan haben, das ist eine bekannte Tatsache.«

»Was für ein Unsinn. Wie sollte ich Daniel denn weh getan haben?«

Nell sah hinunter auf ihre linke Hand. Das war jetzt beinahe ein Reflex geworden, wie ein Tick. Sie drehte die Handfläche nach unten und legte den Daumen über die Wurzel des Zeigefingers, um die Narbe zu verdecken.

»Ich vermute, er hat dich nach Charlotte gefragt«, sagte sie.

»Ich habe ihm gesagt, du seist die einzige, die es ihm sagen könnte. Du warst dabei und ich nicht. Natürlich, wenn du nicht bereit wärst, es ihm zu erzählen, habe ich gesagt, dann sei das deine Entscheidung. Ich wünschte, du würdest wegen der Hand da was unternehmen. Jetzt, wo du älter wirst, wird sie auch nicht gerade ansehnlicher. Die machen doch heutzutage die tollsten Sachen mit solchen Narben, und es ist ja nicht so, daß ich die Ausgaben dafür scheue.«

Es war ein halbes Jahr her, seit Denise das letzte Mal auf das Baby aufgepaßt hatte. Sie brauchten sie nicht, weil sie nie ausgingen. Oder nie gemeinsam ausgingen. Ivan ging aus. Nell blieb zu Hause und kümmerte sich um Daniel und Emma und hielt das Haus hübsch sauber. Das sei inzwischen eine richtige Manie geworden, meinte ihre Mutter, das sei ja nicht normal.

Eines Nachmittags wollte sie gerade den Staubsauger wieder aufräumen, als Emma, die ständig hin und her rannte, sie in den Besenschrank sperrte. Die Schranktür, die schwer und solide war in so einem alten Haus, hatte außen einen Griff, nicht aber auf der Innenseite. Nell beschloß, nicht in Panik auszubrechen, und begann Emma gut zuzureden, sie solle doch die Tür aufmachen und sie rauslassen, bitte, Emma, sei ein braves Mädchen, mach die Tür auf, Emma, laß Mama raus...

5

Einen Augenblick blieb Emma draußen an der Tür stehen. Nell hörte sie kichern.

»Laß Mama raus, Emma. Emma ist ja so ein kluges Mädchen, sie kann die Tür aufmachen. Mama ist nicht so klug, daß sie die Tür aufmachen kann.«

Nell hoffte, Schmeichelei und Selbsterniedrigung würden ihre Wirkung auf Emma nicht verfehlen. Das Kichern verebbte. Nell wartete im Dunkeln. Es war stockfinster im Schrank, nicht einmal der Umriß der Tür zeichnete sich im Licht ab. Sie paßte haargenau in den Rahmen. Der Schrank befand sich in der Mitte des Hauses, zwischen einer Innenwand und der soliden Ziegelmauer der Kaminnische. Die Luft im Inneren war dick und schwarz, und es roch nach Staub und Ruß. Emma ließ wieder ein leichtes Kichern hören. Nell wußte, weshalb es so leise klang. Emma entfernte sich von der Tür.

»Emma, komm zurück. Komm, laß Mama raus. Du mußt nur am Türknauf drehen, dann geht die Tür auf, und Mama kann raus.«

Die Schrittchen klangen sehr leise, als sie sich entfernten. Es hörte sich auch so an, als ob die Füßchen, die sie machten, sich nicht mit der üblichen Schnelligkeit bewegten, sondern eher schwerfällig. Beklommen begriff Nell, was geschehen war. So etwas kam bei Emma oft vor nach einem längeren Anfall wilder Hyperaktivität. Sie war müde geworden. Nell ergriff dann meistens die Gelegenheit und legte Emma in ihr Bettchen und deckte sie zu, aber was würde Emma wohl während Nells Abwesenheit anstellen?

Sich verletzen? Nach draußen laufen und sich aussper-
ren? Das war eine zusätzliche Sorge. Nell begann, mit
den Fäusten auf die Tür einzuhämmern. Sie fing an, mit
dem Fuß gegen die Tür zu stoßen. Nicht genug, daß sie in
diesem Schrank eingesperrt war, ihr Kind, ihr nicht einmal zweijähriges Baby wanderte auch noch allein in diesem riesigen alten Haus umher, mit den vielen Treppen-
stufen und Kanten und Fallen für Kleinkinder. Emma
war müde, Emma war erschöpft. Angenommen, sie bekam die Kellertür auf und fiel die Kellertreppe hinunter?
Angenommen, sie steckte die Finger in die Steckdose?
Oder fand Streichhölzer oder Messer? Nell sah ihre Hand
nicht vor Augen, aber sie konnte mit den Fingern der anderen Hand den Rand der Narbe befühlen, die ihre Handfläche durchzog. Sie trommelte an die Tür und schrie:
»Emma. Emma, komm her und laß Mama raus!«

Nicht nur war es im Schrank stockdunkel, es gab auch
keine Luft. Zumindest stellte sich Nell vor, daß es bald
keine Luft mehr geben würde. Die Luft konnte nicht herein, und sobald der vorhandene Sauerstoff verbraucht
wäre – würde sie sterben oder nicht? Sie würde ersticken.
Daniel würde erst Stunden später nach Hause kommen,
und Ivan, nach dem zu schließen, wie er sich in letzter
Zeit verhalten hatte, nicht vor Mitternacht. Je mehr sie
schrie, je mehr Energie sie beim Schlagen an die Türe ver-
brauchte, desto mehr Sauerstoff würde ihre Lunge benö-
tigen.

Daniel war es, der sie schließlich erlöste. Etwa eine
Stunde, nachdem Emma Nell in den Schrank gesperrt
hatte, kam Daniel von der Schule. Er schloß auf und fand
das Haus leer vor, was höchst ungewöhnlich war. Inzwischen hatte Nell aufgehört, zu schreien und gegen die

Tür zu schlagen. Sie saß auf dem Steinfußboden, hielt mit den Armen die Knie umklammert und verhielt sich ganz still, um den Sauerstoff in der heißen, rußigen Luft nicht aufzubrauchen. Daniel war in frühestens einer Stunde zu erwarten. Er hätte eigentlich direkt von der Schule zum Geigenunterricht gehen sollen, hatte jedoch seine Noten vergessen und war nach Hause gekommen, um sie zu holen.

Obwohl es fast nie vorkam, daß Nell nicht da war, wenn er nach Hause kam, wußte er, daß man ihn dort noch nicht erwartete. Vielleicht ging sie ja immer weg, wenn er in der Geigenstunde war. Da er knapp dran war, wollte er eigentlich direkt in sein Zimmer gehen, seine Noten holen und wieder gehen, aber als er an der Wohnzimmertür vorbeiging, fiel ihm etwas Rosafarbenes ins Auge, wo nichts Rosafarbenes hätte sein dürfen. Es war der rosa Spielanzug seiner Schwester. Emma lag mit dem Daumen im Mund schlafend auf dem Wohnzimmerteppich, neben ihr die kleine Aufsteckbürste des Staubsaugers. Durch die Bürste kam er darauf, und als er auf den Besenschrank zuging, hörte Nell seine Schritte und schrie: »Daniel, Daniel, hier drin bin ich, im Schrank bin ich!«

Er befreite sie. Nell stolperte mit Spinnweben in den Haaren aus dem Schrank und blinzelte ins grelle Licht. Daniel schien sich ziemlich darüber zu freuen, daß Emma ausgezankt wurde, denn selbst nach fast zwei Jahren hatte er seine Eifersucht immer noch nicht überwunden. Er schimpfte Emma persönlich aus, und diesmal hinderte ihn Nell nicht daran.

Es war seit Wochen der erste Abend, an dem Ivan nicht erst zu nachtschlafender Zeit nach Hause kam. Er brachte Denise mit. Sie hatten noch ein paar liegengebliebene Sachen zu erledigen, und Ivan hatte sich gedacht, daß sie das doch auch zu Hause tun könnten. Nell berichtete, was sich am Nachmittag zugetragen hatte, und Denise fand, daß Daniel sehr klug und tatkräftig gewesen war. Wenn er nicht so aufmerksam gewesen wäre, hätte er das Haus gleich wieder verlassen, und was wäre dann mit Nell passiert?

»Ich verstehe eigentlich nicht ganz, was er sonst hätte tun sollen«, sagte Ivan. »Richtiger wäre es, zu sagen, es ist das Gegenteil von belohnter Tugend. Wenn Daniel nicht so schlampig gewesen wäre und seine Noten vergessen hätte, dann wäre er doch nicht nach Hause gekommen. Wie kannst du ihn dafür nur loben?«

Er sah alle grimmig an, außer Denise. Er wollte mit Denise bis acht an dem neuen Katalog arbeiten und sie dann zum Essen ausführen. Sie mußten ja zu Abend essen, aber es war nicht nötig, daß Nell ihnen etwas kochte, meinte er etwas freundlicher, besonders nach dem, was sie heute durchgemacht hatte. Denise sagte, sie sei schrecklich froh, daß mit Nell alles in Ordnung war. Sie könne kaum erwarten, was ihr Freund dazu sagte, wenn sie ihm die Geschichte erzählte.

Ivan kam sehr spät nach Hause. Seine braunen Wolfsaugen hatten einen glasigen Ausdruck, schläfrig und verzückt, einen Ausdruck, den Nell einst sehr gut gekannt hatte. Am nächsten Tag sagte sie ohne besonderen Anlaß, bald käme wohl der Tag, an dem sie sich verpflichtet fühlte, Daniel die Wahrheit zu sagen über das, was mit seiner Mutter geschehen war. Das könnte aber auch bedeuten, es anderen sagen und zugeben zu müssen, daß sie vor Gericht einen Meineid geschworen hatte, aber da war nichts zu machen, da müsse sie eben durch. Ivan meinte, ob sie damit nicht eher sagen wollte, *er* müsse da durch? Und dann sagte er, niemand würde ihr glauben.

»Wenn wir uns trennen«, sagte Nell, »würde ich ja wohl das Sorgerecht für die Kinder bekommen. Daß Daniel nicht mein eigenes Kind ist, wäre egal, ich würde trotzdem das Sorgerecht bekommen. Aber das ist dir ja sowieso egal, nicht? Du magst Kinder ja nicht.«

»So ein Unsinn. Natürlich mag ich Kinder.«

»Und du würdest dein Haus und die Hälfte deines Einkommens verlieren.«

»Zwei Drittel«, sagte Ivan.

»Ich glaube, du hättest Daniel ganz gern los. Du kannst ihn nicht ausstehen. Und der Grund, weshalb du ihn nicht ausstehen kannst, ist, weil du weißt, daß du ihm eines Tages entweder die Wahrheit sagen mußt, was dein Ende wäre, oder ihm eine Lüge auftischen mußt, die sein Leben zerstört.«

»Bist du aber melodramatisch«, sagte Ivan, »außerdem irrst du dich. Na, wir werden uns jedenfalls nicht trennen, oder?«

»Ich weiß nicht. Ich kann so nicht weiterleben.«

Er nahm Emma aufs Knie und erklärte ihr, daß es sehr ungezogen von ihr gewesen sein, Nell in den Besenschrank zu sperren. Das sei etwas ganz Gefährliches, denn da drin sei keine Luft, und Menschen brauchten Luft, um am Leben zu bleiben. Emma drehte und wand sich und versuchte herunterzukommen. Als Ivan sie festhielt, damit sie nicht wegkonnte, wippte sie ungeduldig auf seinem Schoß auf und ab. Und wenn Emma sich nun selbst weh getan hätte, fragte Ivan, der, von sich selbst auf andere schließend, nicht viel Vertrauen in Appelle an Nächstenliebe setzte. Und wenn sie nun die Treppe runtergefallen wäre und sich weh getan hätte?

Als Emma im Bett war, machte Ivan Nell den Vorschlag, noch einmal ganz von vorn anzufangen. Er würde sich bemühen, versprach er, abends früher nach Hause zu kommen. Denise zu entlassen würde wahrscheinlich etwas schwierig werden, aber er dachte, sie ginge vielleicht von sich aus. Und er würde keine Projekte mehr in Angriff nehmen, die lange Arbeitstage erforderten.

»Und was ist mit Daniel?« fragte Nell.

Ivan lächelte unmerklich. Es war ein trauriges Lächeln, dachte Nell. »Ich überlege mir, was ich Daniel sage.« Sie dachte, er betrachte die Narbe an ihrer Hand und drehte die Handfläche nach unten. »Ich werde ihm sagen, du hättest auf dem Beifahrersitz gesessen und er hätte hintendrin mit seinen Autos gespielt, und der Motor sei gelaufen. Ich sage ihm ganz deutlich, daß er überhaupt nichts dafür konnte. Natürlich erkläre ich ihm, daß es dir sehr schlechtging und du nicht gewußt hast, was du tust.«

»Du brauchst es nicht so hinzustellen, als hätte ich mich absichtlich geschnitten. Ich werde nicht gleich sterben. Ich kann schon für mich selbst sprechen.«

Ivan antwortete nicht. Er meinte, es wäre doch eine nette Idee, anläßlich ihres siebten Hochzeitstages eine Party zu geben.

Mit den Leuten, die Ivan während seiner ersten Ehe gekannt hatte, stand er nicht mehr in Kontakt; er hatte sie hinter sich gelassen, als er und Nell in dieses Haus gezogen waren. Aber sie luden Nells Mutter ein und Nells Schwester und Schwager und den Hausarzt und seine

Frau und die Nachbarn und die Frau von der Galerie mit ihrem Mann und die Nachfolgerin von Denise. Es war ein schöner, mondbeschienener Grillabend, und Emma war um neun oder zehn immer noch auf und rannte im Garten herum. Sie sei ungezogen und unkontrollierbar, sagte Ivan zu dem Arzt, strotze vor Energie und sei absolut nicht zu bändigen.

»Hyperaktiv, scheint mir«, sagte der Arzt.

»Genau«, sagte Ivan. »Erst vor ein paar Wochen zum Beispiel, da hat sie Nell in einen Schrank gesperrt, die Tür zugemacht, ist weggelaufen und hat sie einfach da dringelassen. Wenn mein Sohn nicht zufällig zurückgekommen wäre, weil er etwas vergessen hatte, dann weiß ich nicht, was passiert wäre. In dem Schrank ist ja keine Luft.« Die anderen hatten ihr Gespräch unterbrochen und hörten Ivan zu. Nell, die Käsehäppchen herumreichte, blieb stehen und hörte Ivan auch zu. »Ich habe ihr eine Standpauke gehalten, könnt ihr euch ja vorstellen, aber sie ist doch erst zwei. Frühreif natürlich, aber im Grunde immer noch ein Baby.« Ivans Lächeln war dermaßen wölfisch, daß es aussah, als würde er gleich den Kopf heben und den Mond anheulen. »Ich weiß auch nicht, was es ist«, sagte er, »aber keins meiner Kinder tut, was ich ihm sage, die hören einfach überhaupt nicht auf mich.«

Nell ließ mit einem Schrei die Platte fallen. Sie stand da und schrie, bis die Frau von der Galerie hinüberging und ihr eine Ohrfeige gab.

Es lebe die Königin

Es war sofort vorbei. Ein orangefarbener Blitz aus der grünen Hecke, ein Streifen quer über die Straße, ein dumpfer Aufschlag. Der Aufprall war als überraschend schwere Erschütterung zu spüren. Kein Schrei erscholl. Anna hatte gebremst, jedoch zu spät, und der Wagen war zu schnell gefahren. Sie fuhr an den Randstein, stieg aus, ging zurück.

Sie mußte sich zusammennehmen, um hinsehen zu können. Die Katze war gegen den Grasstreifen geschleudert worden, der die Straße von dem schmalen Gehweg trennte. Sie war tot. Sie wußte, bevor sie sich hinkniete und ihm die Seite befühlte, daß das Tier tot war. Aus seinem Mund kam ein bißchen Blut. Seine Augen waren bereits glasig geworden. Es war eine schöne Katze gewesen, die Art, die man als Marmeladekatze bezeichnete, wegen der zwei Orangetöne, Streifen wie dunkle Stückchen Schale und dazwischen das klare Orange. Pfoten, Brust und ein Teil des Gesichts waren weiß, die Augen stachelbeergrün.

Es war eine ihr unbekannte Straße; sie hatte sie nur genommen, um der Baustelle auf der Brücke auszuweichen. Anna dachte bei sich, ich bin zu schnell gefahren. Hier gilt zwar keine Geschwindigkeitsbegrenzung, aber es ist eine Landstraße zwischen kleinen Cottages, und ich hätte nicht so schnell fahren sollen. Die arme Katze. Nun mußte sie hingehen und ihr Mißgeschick beichten, einem verärgerten oder betrübten Besitzer unter die Augen treten, dem Besitzer, der wahrscheinlich im Haus hinter dieser Hecke wohnte.

Sie öffnete das Gittertor und ging den Weg entlang. Es war ein Cottage, aber kein sehr hübsches: roter Backstein mit einem niedrigen Schieferdach, Erkerfenster im Erdgeschoß und dazwischen eine grüne Tür. In jedem Erkerfenster saß eine Katze, eine schwarze und eine orangegelbweiße, wie die, die ihr vors Auto gelaufen war. Sie blickten unverwandt, unergründlich her, als sähen sie sie nicht, als sei sie gar nicht vorhanden. Sie konnte die schwarze immer noch sehen, als sie schon an der Haustür war. Während sie den Finger auf die Glocke legte und läutete, rührte die Katze sich nicht, bewegte nicht einmal die Augen.

Niemand kam an die Tür. Sie läutete noch einmal. Dann fiel ihr ein, daß der Besitzer ja vielleicht hinten im Garten war, und ging ums Haus herum. Es war kein richtiger Garten, eher ein Urwald von hohem Gras, dichtem Unkraut und wirr wachsenden Bäumen. Es war niemand da. Sie spähte durchs Fenster in die Küche, wo eine Schildpattkatze in Sphinx-Pose auf dem Kühlschrank saß und eine braungetigerte Katze genüßlich auf der Fußbodenmatte herumrollte und mit ihren gestreiften Pfoten durch die Luft strich.

Draußen waren, soweit sie sehen konnte, keine Katzen, zumindest keine lebenden. Links in der Ecke, hinter einem angebauten niedrigen Kohlenschuppen und einem Busch, staken, gerade noch sichtbar, drei kleine Holzkreuze im hohen Gras. Anna hatte keinen Zweifel, daß es Katzengräber waren.

Sie sah in ihrer Handtasche nach und fand ein Visiten-

kärtchen von ihrem Friseur, auf dessen leere Rückseite
sie ihren Namen, die Adresse ihrer Eltern und deren Telefonnummer schrieb und hinzufügte: *Ihre Katze ist vor
mein Auto gelaufen. Es tut mir leid; ich bin sicher, sie
war sofort tot.* An der Haustür, wo die schwarze und die
orangegelbweiße Katze immer noch ins Freie starrten,
steckte sie die Karte durch den Briefschlitz.

Dann erst warf sie einen Blick durch das Fenster, in
dem die schwarze Katze saß. Drinnen befand sich ein
kleines vollgestelltes Wohnzimmer, das aussah, als hätte
es einen Geruch. Zwei Katzen lagen auf dem Kaminvorleger, zwei weitere hatten sich auf einem Sessel zusammengerollt. Rechts und links auf dem Kaminsims saß je
eine Porzellankatze, weiß und rot mit vergoldeten
Schnurrhaaren. Anna dachte sich, eigentlich müßte zwischen ihnen mitten auf dem Sims noch eine sitzen, da
dies der einzige freie Fleck im ganzen Raum war; alle anderen Ecken und Flächen waren mit Sachen vollgestellt,
von denen viele mit Katzen zu tun hatten: Katzen-
aschenbecher, Katzenvasen, silbergerahmte Katzenfo-
tos, Katzenpostkarten, Becher mit aufgemalten Katzen-
gesichtern und Keramik-, Messing-, Silber-und Glaskat-
zen. Über dem Kamin hing das Porträt einer orangegelb-
weißen Katze in Öl und links davon an der Wand ein Katzenkalender.

Anna hatte das beklommene Gefühl, daß es die Katze
da auf dem Bild war, die tot an der Straße lag. Jedenfalls
sah sie ihr sehr ähnlich. Sie konnte die tote Katze nicht
einfach liegenlassen. Im Kofferraum ihres Wagens waren
zwei Plastiktüten, ein paar Zeitungen und eine Decke,
mit der sie manchmal Sachen abpolsterte, damit sie beim
Fahren nicht aneinanderstießen. Als Einwickelmaterial

ES LEBE DIE KÖNIGIN

für den Katzenkadaver würden die Plastiktüten grausam aussehen, noch schlimmer die Zeitungen. Sie würde die Decke opfern. Es war eine saubere, dunkelblaue Decke in Standardgröße, recht passabel und ansehnlich.

Nachdem sie den Katzenkadaver in die Decke gewikkelt hatte, trug sie sie den Weg hinauf. Die schwarze Katze hatte sich vom linken Erkerfenster in eines der Fenster im oberen Stockwerk verlagert. Anna warf noch einmal einen Blick ins Wohnzimmer. Die neuerliche Betrachtung des Gemäldes bestätigte ihre Vermutung, daß es das abgebildete Modell war, das sie da trug. Sie fuhr zurück. Die schwarze Katze starrte sie von oben her an, drehte den Kopf weg und gähnte ausgiebig. Natürlich wußte sie nicht, daß sie da eine ihrer Gefährtinnen trug, tot und schon erkaltet, eingewickelt in eine alte Autodecke, eines gewaltsamen Todes gestorben. Sie hatte das unbehagliche Gefühl, ein lächerliches Gefühl, daß die Katze sich nicht anders verhalten hätte, wenn sie es gewußt hätte.

Sie legte den Katzenkadaver auf das Dach des Kohlenschuppens. Als sie wieder um die Ecke bog, bemerkte sie im Nachbargarten eine Frau. Es war ein sauber angelegter Garten mit Blumen und einem Rasen. Die Frau war in den Fünfzigern, weißhaarig, schlank und trug ein Strickset.

»Eine von den Katzen ist mir vors Auto gelaufen«, sagte Anna. »Ich fürchte, sie ist tot.«

»Ach du meine Güte.«

»Ich habe den – die, die Leiche auf den Kohlenschuppen gelegt. Wissen Sie, wann die nach Hause kommen?«

»Es ist nur eine Person«, erwiderte die Frau. »Sie wohnt da allein.«

»Na gut. Ich habe ihr einen Zettel geschrieben. Mit meinem Namen und meiner Adresse.«

Die Frau warf ihr einen seltsamen Blick zu. »Sie sind aber ehrlich. Die meisten Leute wären einfach weitergefahren. Das müssen Sie doch nicht melden, wenn Sie eine Katze überfahren haben, wissen Sie. Das ist nicht das gleiche wie bei einem Hund.«

»Ich konnte nicht einfach weiterfahren.«

»An Ihrer Stelle würde ich den Zettel zerreißen. Lassen Sie mich nur machen, ich sag's ihr, daß ich Sie gesprochen habe.«

»Jetzt habe ich ihn schon durch die Tür gesteckt«, sagte Anna.

Sie verabschiedete sich von der Frau und stieg wieder in den Wagen. Sie war auf dem Weg zum Haus ihrer Eltern, wo sie die nächsten zwei Wochen verbringen wollte. Anna hatte am anderen Ende der Stadt eine eigene Wohnung, aber sie hatte ihren Eltern versprochen, sich um das Haus zu kümmern, während sie im Urlaub waren, und – nun kam es ihr wie eine seltsame Ironie vor – um ihre Katze.

Wenn die Fahrt planmäßig verlaufen wäre und sie sich durch den Unfall und den Tod der Katze nicht um eine halbe Stunde verspätet hätte, wäre sie rechtzeitig angekommen, um ihre Mutter und ihren Vater vor der Abfahrt zum Flughafen noch zu sehen. Aber als sie ankam, waren sie bereits weg. Auf dem Tisch im Flur lag ein Zettel von ihrer Mutter, auf dem stand, sie hätten fahren müssen, die Katze habe ihr Fressen bekommen und im Kühlschrank sei ein Brathähnchen für Anna zum Abendessen. Bestimmt hätte die Katze auch gern davon, um sich über den Abschiedsschmerz hinwegzutrösten.

Anna glaubte nicht, daß die Katze ihrer Mutter, ein riesiges, flauschiges, gespenstisch weißgrau getigertes Geschöpf namens Griselda, dazu fähig war, Abschiedsschmerz zu verspüren. Sie konnte einfach nicht glauben, daß sie überhaupt Gefühle hatte. Es kam ihr vor, als habe das Tier keinerlei Persönlichkeit oder Charme, als fehlten ihm jegliche liebenswerten Eigenschaften. Soviel sie wußte, hatte es sich bis auf ein gelegentliches dünnes Quieksen, das Hunger bedeutete, nie geäußert. Noch nie hatte jemand gesehen, daß es sich an menschlichen Beinen, ja nicht einmal an Möbelbeinen gerieben hätte. Anna war klar, daß es absurd war, ein Tier als egoistisch zu bezeichnen, natürlich war ein Tier zunächst einmal aufs eigene Überleben bedacht, da Selbstschutz ja sein wichtigster Instinkt war, aber Griselda hielt sie für zutiefst, für durch und durch, für gnadenlos egoistisch. Wenn sie nicht fraß, dann schlief sie, und zwar an den gemütlichsten Plätzchen, wo eigentlich ihre Besitzer gern säßen, es aber nicht übers Herz brachten, sie von dort zu vertreiben. Nachts lag sie bei ihnen auf dem Bett, und wenn sie sich bewegten, grub sie ihnen ihre scharfen Krallen durchs Nachthemd in die Beine.

Annas Mutter hörte es nicht gern, wenn man Griselda als »es« bezeichnete. Sie verbesserte Anna dann immer und streichelte dabei Griseldas Kopf. Griselda, die heftig schnurrte, wenn sie gerade etwas zum Fressen bekommen und sich behaglich in die Kissen genistet hatte, hörte bei der Berührung einer menschlichen Hand immer auf zu schnurren. Das hätte Anna ja eigentlich ganz amüsant gefunden, wenn sie nicht gesehen hätte, daß es ihre Mutter anscheinend verletzte und sie die Hand zurückzog und ein unglückliches leises Lachen ausstieß.

Nachdem sie ihre Reisetasche ausgepackt, das Essen zubereitet und gegessen und Griselda ein Hühnerbein abgegeben hatte, überlegte sie, ob die Besitzerin der überfahrenen Katze vielleicht anrufen würde. Die Besitzerin mochte wohl denken wie oft Leute, die einen großen oder kleinen Verlust erlitten haben, daß nichts die Toten zurückbringen konnte. Diskussionen erübrigten sich demnach und natürlich auch Vorwürfe. Es war ja auch nicht direkt ihre Schuld gewesen. Sie war schnell gefahren, aber nicht *ungesetzlich* schnell, und selbst wenn sie dreißig Meilen pro Stunde gefahren wäre, bezweifelte sie, daß sie der Katze hätte ausweichen können, die so unerwartet aus der Hecke gesaust war.

Es wäre besser, sie würde einfach nicht mehr dran denken. Nachtruhe, ein Arbeitstag, dann verblaßte die Erinnerung bestimmt. Sie hatte getan, was sie konnte. Sie war froh, nicht einfach weitergefahren zu sein, wie die Nachbarin angedeutet hatte. Es war ein gewisser Trost, zu wissen, daß die Frau viele Katzen besaß, so wäre der Verlust der einen vielleicht weniger tragisch.

Als sie das Geschirr abgewaschen und ihre Freundin Kate angerufen hatte und sich fragte, ob Richard, mit dem sie dreimal ausgewesen war und dem sie diese Telefonnummer gegeben hatte, wohl noch anrufen würde, was sie sich mit nein beantwortete, setzte sie sich neben Griselda, nicht *zu* Griselda, aber auf dasselbe Sofa, und sah fern. Es war schon fast zehn Uhr, und sie rechnete nicht mehr damit, daß die Katzenfrau – so nannte sie sie jetzt in Gedanken – noch anrufen würde.

Im Schlafzimmer ihrer Eltern gab es einen Nebenanschluß, aber nicht in dem Extrazimmer, wo sie schlafen würde. Es war beinahe halb zwölf, und sie legte sich gerade schlafen, als das Telefon läutete. Weil sie vermutete, es sei Richard, der imstande war, so spät anzurufen, vor allem, wenn er dachte, sie sei allein, ging sie ins Schlafzimmer ihrer Eltern und hob ab.

Eine eigenartig dünne, brüchige Stimme sagte etwas, das sich anhörte wie »Maria Yackle.«

»Ja?« sagte Anna.

»Hier spricht Maria Yackle. Es war meine Katze, die Sie umgebracht haben.«

Anna mußte schlucken. »Ja. Ich bin froh, daß Sie meinen Zettel gefunden haben. Es tut mir sehr leid, es tut mir sehr leid. Es war ein Unfall. Die Katze ist mir vor den Wagen gelaufen.«

»Sie sind zu schnell gefahren.«

Es war eine barsche Feststellung, abrupt ausgestoßen. Anna konnte sie nicht widerlegen. Sie sagte: »Es tut mir sehr leid wegen Ihrer Katze.«

»Die gehen nicht oft raus, die fühlen sich drinnen wohler. Die Wahrscheinlichkeit stand eins zu einer Million. Ich denke, wir sollten uns treffen. Ich finde, Sie schulden mir Schadensersatz. Es wäre nicht recht, wenn Sie ungestraft davonkämen.«

Anna war völlig verdattert. Bisher hatten sich die Äußerungen der Frau ganz vernünftig angehört. Sie wußte nicht, was sie sagen sollte.

»Ich finde, Sie sollten mich entschädigen, oder nicht? Ich habe sie geliebt, ich liebe alle meine Katzen. Ich vermute, Sie dachten, weil ich doch so viele Katzen habe, würde es mir nichts ausmachen, eine zu verlieren.«

Das entsprach so genau der Wahrheit, daß Anna eine Art Schock verspürte, als ob diese Maria Yackle oder wie sie auch heißen mochte ihre Gedanken hätte lesen können. »Ich sagte Ihnen doch, es tut mir leid. Es tut mir leid, ich war ganz außer mir, ich finde es *schrecklich*, was passiert ist. Ich weiß nicht, was ich sonst noch sagen soll.«

»Wir müssen uns treffen.«

»Was würde das denn nützen?« Anna war klar, daß das grob klang, aber sie war ganz durcheinander von dem Tonfall der Frau, ihren barschen, unverblümten Worten.

Die Stimme überschlug sich, es klang sehr nach Schluchzen. »Mir würde es etwas nützen!«

Der Hörer wurde aufgelegt. Anna konnte es kaum fassen. Sie hatte gehört, wie aufgelegt wurde, aber sie wiederholte noch ein paarmal: »Hallo? Hallo?«

Sie ging nach unten, suchte das Telefonbuch für das betreffende Ortsnetz heraus und schlug unter Yackle nach. Da war nichts. Sie setzte sich hin und ging alle Namen mit ›Y‹ durch. Es gab außer Young nur ein paar Seiten mit ›Y‹, aber niemanden mit dem Anfangsbuchstaben Y an der Adresse auf der Straße mit den Cottages.

Sie konnte nicht einschlafen. Sie rechnete damit, daß das Telefon wieder klingelte, daß Maria Yackle noch einmal anrief. Nach einer Weile machte sie die Nachttischlampe an und blieb bei Licht liegen. Es war bestimmt schon drei, und sie hatte immer noch nicht geschlafen, als Griselda hereinkam, aufs Bett sprang und sich an Annas Bein ausstreckte. Sie knipste das Licht aus, beschloß, nicht dranzugehen, falls das Telefon läuten sollte, sich zu entspannen, die überfahrene Katze zu vergessen, sich auf etwas Schönes zu besinnen. Als sie sich auf den Bauch drehte und sich ausstreckte, fühlte sie Griseldas Krallen in ihre Waden pieksen. Als sie zurückwich, die Beine anzog und Griselda gut die Hälfte des Bettes überließ, setzte ein tiefes, rauhes Schnurren ein.

Das erste, was ihr beim Aufwachen in den Sinn kam, war die arme Katzenfrau und wie aufgelöst sie gewesen war. Zur Frühstückszeit erwartete sie wieder ihren Anruf, aber nichts geschah. Anna fütterte Griselda, überließ ihr das Haus, ihr Katzentürchen, ihren Garten und die Umgebung und fuhr zur Arbeit. Kaum daß sie dort angekommen war, rief Richard an. Ob sie sich morgen abend treffen könnten? Sie sagte zu, wünschte aber insgeheim, er hätte heute abend gesagt, schlug selbst den heutigen Abend vor, nur um zu hören, daß er länger arbeiten und mit einem Kunden essen gehen müsse.

Sie war erst zehn Minuten zu Hause, als draußen ein Wagen vorfuhr. Es war ein altes Auto, mindestens zehn Jahre alt und nicht nur verbeult und zerkratzt, man hatte die schlimmsten Stellen auch in einem anderen roten Farbton überstrichen oder lackiert. Anna, die durch ein Vorderfenster seine Ankunft beobachtete, sah eine Frau aussteigen und aufs Haus zugehen. Sie war alt oder zumindest ältlich – ist ältlich nun älter als alt oder alt älter als ältlich? –, aber gekleidet wie ein Teenager. Anna bekam ihre Kleider, ihr Haar und ihr Gesicht etwas besser zu sehen, als sie die Haustür öffnete.

Es war ein runzeliges Gesicht, in Farbe und Beschaffenheit wie die Kehllappen eines Huhns. Kleine blaue Augen saßen irgendwo tief in der Erdbeerröte. Das leuchtende weiße Haar darüber stand in ebensogroßem Kontrast wie Schnee vor einem scharlachroten Tuch. Sie trug hautenge Jeans, die in den Socken steckten, schmutzige weiße Turnschuhe und ein geräumiges weites Sweatshirt mit einem Katzengesicht darauf, einer aufgemalten, lächelnden, schnurrbärtigen Maske, orangegelbweiß und grünäugig.

Irgendwo hatte Anna einmal den Kommentar eines jungen Mädchens über eine alte Frau gelesen, die sich damit brüstete, noch Minirock tragen zu können, da sie ja schöne Beine habe: Es sind nicht die Beine, es ist das Gesicht. Daran mußte sie beim Anblick von Maria Yackle denken, aber das war für lange Zeit das letzte Mal, daß sie an derartiges dachte.

»Ich bin etwas früher gekommen, weil wir viel zu besprechen haben«, sagte Maria Yackle und trat ein. Sie tat dies auf eine Art, die Anna zwang, die Tür weiter aufzumachen und beiseite zu treten. »Das ist *Ihr* Haus?«

Sie meinte damit wohl, Anna sei noch so jung, oder vielleicht hatte sie einen gehässigeren Grund, so zu fragen.

»Das meiner Eltern. Ich bin nur auf Besuch.«

»Hier rein?« Sie stand bereits auf der Schwelle zum Wohnzimmer von Annas Mutter.

Anna nickte. Sie war etwas verdattert, aber nur einen Augenblick lang. Am besten brachte sie es schnell hinter sich. Aber bevormunden ließ sie sich nicht.

»Sie hätten mir was sagen sollen. Ich hätte ja auch nicht da sein können.«

Sie bekam keine Antwort, denn Maria Yackle hatte Griselda gesehen. Die Katze hatte auf der Rückenlehne eines Ohrensessels gesessen, ein scheinbar unbequemer Platz, trotzdem einer ihrer Lieblingsplätze, hatte sich beim Anblick der Fremden jedoch gestreckt, war heruntergesprungen und kam nun auf sie zu. Maria Yackle streckte die Hand aus. Es war eine scheußliche Hand, groß und rot mit schnurartigen blauen Adern, die über den Knochen hervorstanden, einer schwieligen Handfläche und schwarzen, eingerissenen Nägeln; an Zeigefinger und Daumen saß tief eingegraben bräunlicher Schmutz. Griselda kam näher und steckte ihre rauchgraue Schnauze in diese Hand.

»Das würde ich nicht tun«, sagte Anna ziemlich scharf, denn Maria Yackle machte Anstalten, die Katze hochzuheben. »Sie ist nicht sehr freundlich. Sie mag keine Leute.«

»Mich wird sie mögen.«

Und das Erstaunliche daran war, daß Griselda sie tatsächlich mochte. Maria Yackle nahm Platz, und Griselda setzte sich auf ihren Schoß. Griselda, die Unfreundliche, eine Katze, die schnurrte, wenn sie allein war, und aufhörte, wenn man sie anfaßte, die mit den eisigen Augen, die unnahbare Einzelgängerin, ließ sich auf diesem unbekannten, ungewohnten Schoß nieder, nachdem sie Maria Yackle zuerst auf Brust und Schultern geklettert war und mit Ohren und rundlichen, haarigen Wangen an dem Sweatshirt mit dem aufgemalten Katzengesicht gerieben hatte.

»Anscheinend überrascht Sie das.«

Anna sagte: »Das kann man wohl sagen.«

»Gar kein großes Geheimnis. Das läßt sich ganz einfach erklären.« Sie sprach mit einer schrillen, barschen, vom Alter schon brüchigen Stimme, aber wortgewandt, mit korrekter Grammatik und einem starken Cockney-Akzent. »Sie und Ihre Mama und Ihr Papa, Sie denken bestimmt alle, Sie riechen sehr hübsch und nett. Sie baden jeden Morgen mit Badeöl und parfümierter Seife. Sie bestäuben sich mit Puder und sprühen Zeug in die Achselhöhlen, Sie reiben Ihren Körper mit Cremes ein und bespritzen sich mit Parfüm. Vielleicht haben Sie sich gar noch die Haare gewaschen, mit Shampoo und Pflegespülung und – wie heißt das noch gleich? – Cremeschaum. Sie putzen die Zähne und spülen den Mund aus, tupfen sich noch ein Tröpfchen Parfüm hinters Ohr, malen sich das Gesicht an – nun, ich nehme an, daß Ihr Papa sein Gesicht nicht anmalt, aber er rasiert sich bestimmt, oder nicht? Also noch mehr Cremeschaum und Rasierwasser hinterher.

Sie ziehen Ihre Kleider an. Alle makellos sauber. Entweder kommen sie frisch aus der Reinigung oder aus der Waschmaschine mit umweltfreundlichem Waschpulver und frühlingsfrischem Weichspüler. Oh, ich weiß Bescheid, auch wenn ich's selber nicht mache, ich seh's doch im Fernsehen.

Ihrer Meinung nach riecht das alles sehr gut, aber für sie nicht. O nein. Für sie ist das alles Chemie wie für Sie vielleicht Benzin oder Heizöl. Ein häßlicher, scharfer chemischer Geruch, der sie anekelt, so daß sie sich ganz zusammenzieht in ihrer kleinen Pelzhaut. Wie heißt sie?«

Die Frage klang wie ein scharfes Bellen. »Griselda«, erwiderte Anna und: »Woher wissen Sie, daß es ein Weibchen ist?«

»Das Gesicht, schauen Sie mal her«, sagte Maria Yackle. »Sehen Sie ihr Näschen. Sehen Sie ihr lächelndes Mündchen und das Näschen und die dicken Bäckchen? Ein Kater hat eine große Nase, eine längliche Schnauze. Egal, ob kastriert, hat er trotzdem eine große Nase.«

»Weshalb sind Sie hergekommen?« fragte Anna.

Griselda hatte sich auf dem Schoß der Katzenfrau, den Kopf vergraben, leicht nach oben gedreht, in der Spalte zwischen Bauch und Schenkel zusammengerollt. »Ich mache mir nichts aus dem Zeug, wissen Sie.« Die große rote Hand streichelte Griseldas Kopf an der gestreiften Stelle zwischen den Ohren. »Die Katze mag meinen Geruch, weil ich meine Kleider nicht jeden Tag ins Seifenwasser lege, ich bade einmal pro Woche, so war's schon immer und so wird es bleiben, und ich verschwende mein Geld nicht für Duftwässerchen und Deodorants. Ich wasche mir morgens, wenn ich aufstehe, die Hände, und das genügt mir.«

Als sie das wöchentliche Bad erwähnte, hatte Anna unwillkürlich ihren Stuhl etwas weiter weggerückt. Maria Yackle sah es, Anna war sich sicher, daß sie es sah, aber sie beantwortete diesen Rückzieher damit, daß sie mit dem eigentlichen Grund ihres Kommens herausrückte: die Entschädigung.

»Die Katze, die Sie umgebracht haben, war fünf Jahre alt; sie war die Königin der Katzen, ihr Name war Melusina. Ich habe immer eine Königin. Die davor hieß Juliana, und sie wurde zwölf. Ich habe geweint, ich habe um sie getrauert, aber das Leben geht ja weiter. Die Königin ist tot, sagte ich mir, es lebe die Königin! Ich ernenne nie eine, ich besorge immer ein neues Kätzchen. Manche Katzen sind eben Königinnen, verstehen Sie, und manche nicht. Melusina war acht Wochen alt, als ich sie aus dem Tierheim holte, und ich habe denen zwanzig Pfund gespendet. Der Tierarzt hat mir siebenundzwanzig Pfund fünfzig für die Impfungen berechnet, alle meine Katzen sind gegen Katzen-Enteritis und Leptospirose geimpft, das macht also siebenundvierzig Pfund fünfzig. Dann hatte sie mit zwei ihre Nachimpfung, das waren also noch mal siebenundzwanzig fünfzig, ich kann Ihnen die quittierten Rechnungen zeigen, ich bewahre immer alles auf, und das macht fünfundsiebzig Pfund. Dann noch der

Sprit für die Fahrt zum Tierarzt, sagen wir runde fünf Pfund, obwohl es mehr war, und damit kommen wir zum kritischen Punkt, ihr Essen. Sie war beileibe keine Kostverächterin.«

Anna mußte sich beherrschen, um über dieses läppische Wort nicht zu lachen, aber da sah sie zu ihrem Entsetzen Tränen über Maria Yackles Gesicht strömen. Sie liefen ihr hemmungslos aus den Augen, über die rauhe, rote, runzelige Haut, und eine tropfte unbeachtet in Griseldas silbriges Fell.

»Kümmern Sie sich nicht drum. Ich weine immer, wenn ich über sie sprechen muß. Ich habe diese Katze geliebt. Sie war die Königin der Katzen. Sie hatte ihren eigenen Platz, ihren Thron, sie saß immer mitten auf dem Kaminsims, ihre beiden Hofdamen aus Porzellan ihr zur Seite. Sie werden es sehen, wenn Sie mal zu mir kommen.

Aber wir sprachen ja gerade über ihr Essen. Sie hat täglich eine große Dose gegessen, es war zuviel, mehr als sie kriegen sollte, aber sie liebte ihr Essen, sie war ein rechtes Schleckermäulchen. Also, Katzenfutter wird natürlich auch immer teurer, was denn nicht, und inzwischen zahle ich fünfzig Pence die Dose, aber ich meine, sagen wir fairerweise vierzig Pence im Schnitt. Sie war acht Wochen alt, als ich sie bekam, also können wir nicht sagen fünfmal dreihundertfünfundsechzig. Sagen wir fünfmal dreifünfundfünfzig, und damit tu ich Ihnen auch noch einen Gefallen. Ich hab's zu Hause schon ausgerechnet, obwohl ich kein Genie im Kopfrechnen bin. Fünfmal dreihundertfünfundfünfzig sind eintausendsiebenhundertfünfundsiebzig, das mal vierzig macht dreiundfünfzigtausend Pence oder fünfhundertdreißig

94

Pfund. Dazu noch die vierundsiebzig plus die Tierarzt-
rechnung mit vierzehn Pfund, als sie einen Bandwurm
hatte, dann kommen wir auf eine Gesamtsumme von
siebenhundertneunundneunzig Pfund.«

Anna starrte sie an. »Sie wollen, daß ich Ihnen fast
achthundert Pfund gebe.«

»Ganz recht. Natürlich schreiben wir das alles ordentlich auf.«

»Weil mir Ihre Katze unter die Räder gelaufen ist?«

»Sie haben sie ermordet«, sagte Maria Yackle.

»Das ist doch absurd. Natürlich habe ich sie nicht ermordet.« Unsicher fügte sie hinzu: »Ein Tier kann man
nicht ermorden.«

»Haben Sie aber. Sie haben gesagt, Sie sind zu schnell
gefahren.«

Wirklich? Es traf ja zu, aber hatte sie das gesagt?

Maria Yackle stand auf; sie hielt immer noch Griselda
fest, schmuste mit Griselda, die sich schnurrend in ihre
Arme kuschelte. Anna betrachtete es voller Widerwil-
len. Man hielt Katzen für mäkelige Geschöpfe, aber das
stimmte gar nicht. Nur so etwas Unsensibles und Kritik-
loses würde sein Gesicht an dieses Gesicht halten, die
Schnauze an diesen rauhen, schmutzigen Händen reiben.
Beim Anblick der schwarzen Fingernägel fiel ihr ein jetzt
unangenehm zutreffender Ausdruck ein, den ihre Großmutter immer zu Kindern mit schmutzigen Händen gesagt hatte: in Trauer um die Katz.

»Ich erwarte nicht, daß Sie mir jetzt gleich einen
Scheck geben. Haben Sie etwa geglaubt, daß ich das vor-
habe? Ich vermute, so viel Geld haben Sie gar nicht auf
Ihrem Konto. Ich komme morgen oder übermorgen wieder.«

»Ich werde Ihnen aber keine achthundert Pfund geben«, sagte Anna.

Sie hätte sich die Worte sparen können.

»Ich komme nicht morgen, ich komme am Mittwoch wieder.« Griselda wurde behutsam in einen Sessel gesetzt. Die Tränen auf Maria Yackles Gesicht waren getrocknet und hatten salzige Spuren hinterlassen. Sie trat in den Flur hinaus an die Haustür. »Bis dahin haben Sie sich's überlegt. Jedenfalls hoffe ich, Sie kommen zur Beerdigung. Ich hoffe, es gibt keine Animositäten.«

Ab diesem Punkt war Anna klar, daß Maria Yackle verrückt war. Einerseits war das beunruhigend, andererseits eine Erleichterung. Es bedeutete, daß sie es nicht ernst meinte mit der Entschädigung, den siebenhundertundneunzehn Pfund. Geistig normale Leute laden einen nicht zur Beerdigung ihrer Katze ein. Verrückte klagen nicht auf Entschädigung.

»Nein, ich glaube nicht, daß sie das tut«, sagte Richard bei ihrem gemeinsamen Abendessen. Er war kein Anwalt, hatte aber Jura studiert. »Du hast doch nicht zugegeben, daß du die Geschwindigkeit überschritten hast, oder?«

»Ich weiß nicht mehr.«

»Na, jedenfalls hast du's nicht vor Zeugen zugegeben. Du sagst, bedroht hat sie dich nicht?«

»O nein. Sie war eigentlich ganz nett. Sie hat geweint, das arme Ding.«

»Also, jetzt vergessen wir sie und machen uns einen schönen Abend, nicht?«

Obwohl kein Zettel vor der Haustür lag, kein Brief kam und niemand anrief, wußte Anna, daß die Katzenfrau am nächsten Abend wiederkommen würde. Richard hatte ihr geraten, zur Polizei zu gehen, wenn sie bedroht werden sollte. Sie brauchte denen aber nicht zu sagen, daß sie zu schnell gefahren war. Anna fand die ganze Idee mit der Polizei bizarr. Sie rief ihre Freundin Kate an und erzählte ihr alles, und Kate war auch der Meinung, zur Polizei zu gehen sei übertrieben.

Das zerbeulte rote Auto fuhr um sieben vor. Maria Yackle war genauso angezogen wie bei ihrem ersten Besuch, aber da es ziemlich kalt war, trug sie zusätzlich eine Kunstpelzjacke. Der rauhen, stark glänzenden Beschaffenheit nach war es zweifellos Kunstpelz, aber aus der Entfernung sah es aus wie das Fell einer schwarzen Katze.

Sie hatte Anna ein Album mit Fotos von ihren Katzen zum Ansehen mitgebracht. Anna blätterte es durch – was hätte sie sonst tun sollen? Einige waren leicht erkennbar von denen, die sie durch die Fenster gesehen hatte. Diejenigen, die sie nicht erkannte, waren vermutlich von Tieren, die nun unter den Holzkreuzen hinten in Maria Yackles Garten ruhten. Während sie die Bilder betrachtete, kam Griselda herein und sprang der Katzenfrau auf den Schoß.

»Die sind ja wirklich nett, sehr interessant«, sagte Anna. »Ich sehe, Sie hängen sehr an Ihren Katzen.«

»Sie sind mein Leben.«

Sie würde die Sache etwas auflockern. »Wann soll denn die Beerdigung sein?«

»Ich dachte, am Freitag. Am Freitag um zwei. Meine Schwester wird auch da sein mit ihren beiden. Katzen fahren normalerweise nicht gern Auto, darum nehme ich meine nicht oft mit, und sie in Käfige sperren widerstrebt mir, aber die beiden Birmakatzen von meiner Schwester fahren liebend gern Auto, die sitzen sogar drin, wenn es geparkt ist. Meine Freundin vom Tierheim kommt auch, wenn sie sich freimachen kann, und unseren Tierarzt habe ich auch gefragt, aber da habe ich wenig Hoffnung. Er hat freitags immer seine Ziegensprechstunde. Ich hoffe, Sie sind auch dabei.«

»Ich fürchte, ich muß arbeiten.«

»Bitte keine Blumen. Dafür Spenden an den Katzenschutzbund. Jeder Betrag, egal wie klein, wird dankend angenommen. Apropos Geld. Sie haben einen Scheck für mich.«

»Nein, habe ich nicht, Mrs. Yackle.«

»Miss. Und Yakop heiße ich. J.A.K.O.B. Sie haben doch einen Scheck über achthundert Pfund für mich.«

»Ich gebe Ihnen kein Geld, Miss Jakob. Es tut mir wirklich sehr leid um Ihre Katze, um Melusina, ich weiß, wie sehr Sie an ihr gehangen haben. Aber eine Entschädigung kommt nicht in Frage. Tut mir leid.«

Wieder hatten sich Maria Jakobs Augen mit Tränen gefüllt, waren übergelaufen. Ihr Gesicht verzog sich vor Kummer. Nur weil sie den Namen des elenden Viehs erwähnt hatte, dachte sich Anna. Das war der Auslöser für die Tränen gewesen. Eine Träne spritzte auf die eine rauhe, rote Hand. Griselda öffnete die Augen und schleckte die Träne auf.

Maria Jakob schob ihre andere Hand über die Augen. Sie blinzelte. »Dann müssen wir uns eben etwas anderes überlegen«, sagte sie.

»Wie bitte?« Anna glaubte, nicht recht gehört zu haben. Die Dinge ließen sich doch nicht so einfach lösen.

»Wir müssen uns eben etwas anderes überlegen. Wie Sie den Mord wiedergutmachen können.«

»Hören Sie, ich werde dem Katzenschutzbund eine Spende machen. Ich bin gern bereit, denen – sagen wir zwanzig Pfund zu geben.« Richard wäre fuchsteufelswild geworden, aber vielleicht erzählte sie es ihm gar nicht erst. »Ich gebe Ihnen das Geld, einverstanden, Sie können es ja dann weiterleiten?«

»Das hoffe ich doch sehr. Vor allem, wenn Sie nicht zur Beerdigung kommen können.«

Damit war die Sache erledigt. Anna verspürte eine große Erleichterung. Erst jetzt, als es vorbei war, merkte sie, wie sehr es ihr zu schaffen gemacht hatte. Sie hatte deswegen nicht richtig schlafen können. Sie rief Kate an und erzählte ihr von der Beerdigung und der Ziegensprechstunde, und Kate lachte und bemitleidete das arme Ding. In dieser Nacht schlief Anna so gut, daß sie die Ankunft von Griselda nicht bemerkte, die, als Anna aufwachte, neben ihrem Gesicht, aber ohne mit ihr in Berührung zu kommen, schlafend auf dem Kissen lag.

Richard rief an, und sie erzählte ihm die Geschichte, ließ aber das mit dem Spendenangebot weg. Er meinte, standhaft sein, in solchen Situationen nicht nachgeben, das habe sich noch immer bezahlt gemacht. Abends schrieb sie einen Scheck über zwanzig Pfund aus, aber anstatt auf den Katzenschutzbund stellte sie ihn auf Maria Jakob aus. Wenn die Katzenfrau ihn einfach behielt, wäre das auch kein Schaden. Anna ging an die Ecke, um den Brief einzuwerfen, denn sie hatte einen Begleitbrief zu dem Scheck geschrieben, in dem sie noch einmal ihren Kummer über den Tod der Katze zum Ausdruck brachte und hinzufügte, falls sie sonst noch etwas tun könne, so solle Miss Jakob sie es doch wissen lassen. Richard wäre fuchsteufelswild geworden.

Anders als die Jakobschen Katzen verbrachte Griselda
sehr viel Zeit im Freien. Oft war sie den ganzen Abend
weg und tauchte erst im Morgengrauen wieder auf, so
daß Anna erst am nächsten Tag, erst am nächsten Abend
anfing, sich über ihre Abwesenheit Sorgen zu machen.
Soviel sie wußte, war Griselda noch nie so lange wegge-
wesen. Ihr persönlich war es gleichgültig, sie hatte die
Katze noch nie gemocht, allgemein mochte sie Katzen
nicht besonders, und diese hier fand sie selbstsüchtig und
kalt. Nur wegen ihrer Mutter, die das Tier unerklärlicherweise liebte, beunruhigte sie sich. Sie ging die Straße
auf und ab, rief nach Griselda, obwohl die Katze ja noch
nie gekommen war, wenn man sie gerufen hatte.

Sie kam auch jetzt nicht. Anna ging die nächste Straße
auf und ab, um den Häuserblock herum und noch weiter.
Sie rechnete fast damit, Griseldas Kadaver zu finden, und
vermutete, daß sie das gleiche Schicksal ereilt hatte wie
Melusina. Hatte sie nicht irgendwo gelesen, daß auf den
Straßen Britanniens jährlich fast vierzigtausend Katzen
überfahren werden? Am Samstagmorgen schrieb sie eine
dieser melancholischen ›Katze entlaufen‹-Anzeigen, be-
festigte sie an einem Laternenpfosten und wünschte, sie
hätte ein Foto. Aber ihre Mutter hatte Griselda nie foto-
grafiert.

Richard nahm sie mit auf eine Party bei einem Freund,
und als sie danach nach Hause fuhren, sagte er: »Du
kannst dir doch denken, was passiert ist, oder? Die verrückte Alte hat sie umgebracht. Auge um Auge, Katze
um Katze.«

»Oh, nein, das würde sie nicht tun. Sie liebt Katzen.«

»Mörder lieben auch Menschen. Sie lieben eben nicht
die Menschen, die sie umbringen.«

»Ich bin sicher, du irrst dich«, sagte Anna, aber da fiel ihr wieder ein, daß Maria Jakob gesagt hatte, wenn das Geld nicht käme, müsse sie sich eben etwas anderes einfallen lassen, wie Melusinas Tod wieder gutzumachen wäre, und eine Spende an den Katzenschutzbund hatte sie damit nicht gemeint.

»Was soll ich tun?«

»Ich wüßte nicht, was du überhaupt tun sollst. Du wirst es kaum beweisen können, dafür wird sie schon gesorgt haben. Sieh die Sache doch einfach so, sie hat ihr Fett abbekommen...«

»Knapp vierzehn Pfund Fett«, erwiderte Anna. Griselda war eine große, schwere Katze gewesen.

»Okay, knapp vierzehn Pfund. Sie hat's gekriegt, sie hat Rache genommen, dir hat es eigentlich nicht besonders leid getan, jetzt mußt du dir nur was ausdenken, was du deiner Mutter sagst.«

Annas Mutter war bestürzt, aber bei weitem nicht so bestürzt, wie Maria Jakob über den Tod von Melusina gewesen war. Um allzu große Aufregung zu vermeiden, war Anna weiter gegangen als beabsichtigt und hatte ihrer Mutter erzählt, sie habe Griseldas Kadaver gesehen und mit dem schuldigen Autofahrer gesprochen, der sehr betroffen gewesen sei. Etwa einen Monat später kaufte Annas Mutter ein junges Kätzchen, ein graugetigertes Katerchen, das gleich von Anfang an sehr anhänglich war, auf ihrem Schoß saß, laut schnurrte, wenn man es streichelte und sich in ihre Arme kuschelte, obwohl Anna sicher war, daß ihre Mutter weiterhin badete und Parfüm benutzte. So weit war es also her mit der Jakobschen Theorie.

Fast ein Jahr war vergangen, als sie wieder einmal die

Straße hinunterfuhr, an der Maria Jakobs Haus lag. Sie hatte eigentlich nicht vorgehabt, diese Route zu nehmen. Man hatte ihr den Weg zu einem kleinen Bauernhof beschrieben, wo am Straßenrand Früherdbeeren verkauft wurden, aber sie hatte sich wohl verfahren, die falsche Abzweigung genommen und war hier gelandet.

Wäre Maria Jakobs Wagen vor dem Haus geparkt gewesen, dann hätte sie nicht angehalten. Eine Garage gab es nicht, in der er hätte sein können, draußen war er nicht, also mußte die Katzenfrau weggefahren sein. Anna dachte an die Beerdigung, bei der sie nicht gewesen war, sie hatte oft daran gedacht, an die komischen Leute und komischen Katzen, die daran teilgenommen hatten.

In jedem Erkerfenster saß eine Katze, eine Schildpattkatze und eine braungetigerte. Die schwarze Katze beäugte sie von oben herunter. Anna ging nicht zur Haustür, sondern hinten ums Haus herum. Dort, im tiefen Gras waren wie erwartet vier Gräber statt drei, vier Holzkreuze, und auf dem vierten stand in schwarzglänzenden Druckbuchstaben gepinselt: *Melusina, Königin der Katzen, ermordet in ihrem sechsten Lebensjahr. RIP.*

Das ›ermordet‹ mißfiel Anna. Es ließ alle Ressentiments über die ungerechten Anschuldigungen von vor elf Monaten wiederaufleben. Sie fühlte sich jetzt viel älter, viel klüger. Eines war sicher, Ethik hin oder her, wenn sie je wieder eine Katze überfahren sollte, würde sie sich hüten, hinzugehen und es zuzugeben.

Sie ging wieder vors Haus und sah durch das Erkerfenster. Wenn die Schildpattkatze noch auf dem Fenstersims gewesen wäre, hätte sie wahrscheinlich nicht hineingeschaut, aber die Schildpattkatze hatte sich auf den Kaminvorleger verlagert.

Eine weiße Katze und die orangegelbweiße lagen zusammengerollt nebeneinander auf einem Sessel. Das Porträt von Melusina hing über dem Kamin, und der diesjährige Katzenkalender war links davon an der Wand. Auf den vergoldeten Schnurrhaaren der Porzellankatzen schimmerte das Licht, und zwischen ihnen, an der leeren Stelle, die nicht mehr frei war, saß Griselda.

Griselda saß auf dem Platz der Königin mitten auf dem Kaminsims. Sie saß in Sphinx-Pose mit geschlossenen Augen da. Anna klopfte leise an die Scheibe, und Griselda öffnete die Augen, starrte mit kalter Gleichgültigkeit her und machte sie wieder zu.

Die Königin ist tot, es lebe die Königin!

Ein schöner Tod

Ich saß an seinem Bett. Er hatte ein strahlend weißes Zimmer für sich allein.

»Bei diesem Anblick muß ich an etwas denken, was einem Freund von mir passiert ist.«

»Welchem Freund?« fragte ich.

»Du hast ihn nicht gekannt. Er ist jetzt sowieso tot. Oder praktisch tot.« Er warf mir einen verschlagenen Seitenblick zu. Es war ein Blick, der mich zu der Frage veranlassen sollte, was diese Bemerkung bedeutete. Als ich nicht fragte, sagte er: »Ich will dir von ihm erzählen.« Er ließ den Kopf aufs Kissen sinken und sah hinauf an die weiße Decke. »Vor langer Zeit, zwanzig Jahre ist es mindestens her, hatte er eine Beziehung mit dieser Frau.«

Da mußte ich ihn unterbrechen. »Ach, hör doch auf«, sagte ich. »Ich habe mit dir auch eine Beziehung. Wenn man so will, habe ich auch mit dem Milchmann eine Beziehung.«

»Gut, dann eben eine Affäre. Ich mag das Wort auch nicht. Ich habe es von Miriam.« Miriam war seine Frau. »Eine Affäre«, sagte er. »Eine Liebesgeschichte. Er war natürlich verheiratet. Aber er war verliebt in diese Frau, ganz schrecklich verliebt, glaube ich. Unermeßlich verliebt. Er war ein sehr romantischer Mensch. Er sagte seiner Frau nichts davon, aber natürlich bekam sie es heraus und setzte der Sache ein Ende.«

»Wie hieß sie denn?« fragte ich.

»Die Freundin? Susanna. Sie hieß Susanna. Sie war nicht einmal jünger als seine Frau oder hübscher oder intelligenter oder so. Sie waren ja alle nicht mehr die Jüngsten, weißt du. Sogar damals, zu jener Zeit, waren sie nicht mehr jung. Ich sagte ja, daß er die Sache beendete, aber das war nur vorübergehend. Sie fingen heimlich wieder an, und als seine Frau es diesmal herausbekam, machte Susanna selbst Schluß. Sie sagte, es sei keinem der Beteiligten gegenüber fair, sie antwortete nicht mehr auf seine Anrufe und Briefe, und nach einer Weile verlief die Sache, wie es bei so etwas ja meistens geht, im Sande. Jedenfalls ist das alles schon zwanzig Jahre her, wie ich bereits sagte.

Seine Frau brachte Susannas Namen bei jeder Meinungsverschiedenheit ins Spiel. Kannst du dir ja vorstellen. Und er war sich nicht zu schade, seine Frau negativ mit Susanna zu vergleichen, wenn er sich über sie ärgerte. Nach einiger Zeit hörten sie jedoch auf, sie zu erwähnen, obwohl mein Freund nie aufhörte, an sie zu denken. Er sagte, kein Tag verginge, ohne daß er an sie dächte. Und sie erschien ihm manchmal im Traum. Er freute sich geradezu auf diese Träume, denn, sagte er, auf diese Weise konnte er sie wenigstens ab und zu sehen.«

»Der arme Kerl«, sagte ich.

»Nun ja, er war eben romantisch.«

Draußen war es beinahe ebenso weiß wie drinnen. Schnee lag auf der Erde und saß in Klumpen an den Ästen der Bäume. Er wandte das Gesicht dem grell leuchtenden Schnee zu und kniff die Augen zusammen. »Es steht sehr schlimm um ihn. Ich spreche jetzt mehr oder weniger von der Gegenwart. Sie geben ihm nicht mehr sehr lang zu leben, es ist nur noch eine Sache von Monaten, du weißt ja, die legen sich da nicht so fest. Er hatte es sich in den Kopf gesetzt, Susanna vor dem Sterben noch einmal sehen zu wollen. Er mußte sie einfach sehen, wenn er sie noch einmal sah, würde er glücklich oder zumindest zufrieden sterben können.«

»Wußte er denn, wo sie war?« fragte ich.

»O ja, er wußte es. Weißt du, obwohl sie nie von ihr sprachen, er und seine Frau, wußte er doch alles über sie, alles, was mit ihr geschehen war. Er wußte, daß sie weggezogen war und geheiratet hatte. Es war schrecklich für ihn, als sie heiratete. Er kannte Datum und Uhrzeit und saß da und schaute auf die Uhr. Als ihr Mann starb, gab er sich Mühe, darüber nicht froh zu sein. Er schickte Blumen ohne Absender, nicht für ihren toten Gatten, sondern für sie. Das war ihr einziger Kontakt, wenn man es als Kontakt bezeichnen kann, in all den Jahren. Er war inzwischen ganz besessen von der Idee, sie wiederzusehen. Er träumte davon, er konnte an nichts anderes mehr denken.

Seine Frau hatte gesagt, sie würde alles für ihn tun, was er auch wollte, sie würde versuchen, es ihm zu besorgen. Besorg mir Susanna, sagte er. Ich will Susanna sehen, bevor ich sterbe. Nun, das hatte sie damit überhaupt nicht gemeint. Kannst du dir ja vorstellen. Sie schrie und weinte und sagte, wenn Susanna herkäme – er war damals noch zu Hause, er kam erst später ins Krankenhaus –, wenn Susanna käme, würde sie sie umbringen. Ach, sei doch nicht kindisch, sagte er. Wie du immer alles aufbauschst. Wir sind doch jetzt alle alt, wir haben doch nichts im Sinn. Sieh mich an, sei vernünftig, warum gönnst du mir nicht das bißchen Glück? Bald bist du mich ja los.

Du bist mein Mann, sagte sie, du gehörst mir. Mich
solltest du um dich haben wollen. Dich sehe ich ja, weiß
Gott, tagtäglich andauernd, meinte er. Ich reiß das Tele-
fonkabel aus der Wand, erwiderte sie. Wenn du ihr
schreibst, werfe ich den Brief nicht ein, jeden Brief, den
du ihr schreibst, verbrenne ich. Und wenn du sie herbit-
test, bringe ich sie um. Ich schlage sie auf den Kopf wie einen Einbrecher, den ich in meinem Haus überrasche.«

Er starrte mich jetzt durchdringend an und atmete
ziemlich schnell. Der weiße Glanz auf seinem Gesicht
ließ ihn wie tot aussehen.

»Beruhige dich«, sagte ich.

»Ja, schon gut.« Er brachte ein Lächeln zustande. »Er
hatte ja nicht nur seine Frau um sich. Ab und zu kamen
Nachbarn zu Besuch. Und alte Freunde. Einem von ihnen
gab er den Brief mit. Und Susanna antwortete postwen-
dend. Es war ausgeschlossen, daß seine Frau ihm den
Brief vorenthielt, sie wußte ja nicht, von wem er Post bekam. Der Brief machte ihn sehr glücklich; zwanzig Jahre
hatte er darauf gewartet, er hatte das Gefühl, gleich sterben zu müssen vor Glück. Und vielleicht wäre das ja das
beste gewesen. Vielleicht.

Er rief sie an, er sprach mit ihr, sie verabredeten eine
Uhrzeit für Susannas Besuch. Ihre Stimme zu hören, ver-
setzte ihn in eine Art Rausch. Er teilte seiner Frau mit,
wann sie kam, und meinte, es wäre wohl am besten,
wenn sie solange ausginge. Ich bringe sie um, wenn sie
durch diese Tür tritt, erwiderte seine Frau. Ich glaube, ich
habe gar nicht erwähnt, daß die beiden einander noch nie
begegnet waren, nicht wahr, Susanna und seine Frau?
Nun, sie kannten einander nicht, hatten noch nie die
Stimme der anderen am Telefon gehört. Er glaubte es na-

türlich nicht, daß seine Frau sie umbringen würde. Ich meine, du etwa? Niemand würde das glauben. Er glaubte nicht einmal, daß sie Susanna etwas antun würde.«

»Und was geschah, als Susanna kam?« fragte ich.

Die Klinik lag in einer Parklandschaft. Zedern hoben sich tiefschwarz und zerklüftet gegen den Schnee ab. Man konnte die Autos der Besucher heranfahren sehen, wenn sie durch das entfernte Eingangstor hereinkamen. Er beobachtete einen Wagen, der sich zwischen den Schneeaufschüttungen die Straße hochschlängelte.

»Er hörte sie an die Haustür kommen und wartete. Es dauerte ewig, bis sie nach oben kam. Und als sie kam, war seine Frau bei ihr. Susanna hatte sich verändert, aber es machte ihm nichts aus; sie hatten sich ja alle verändert. Wie hätte es anders sein sollen? Sie berührte ihn nicht, sie faßte nicht einmal seine Hand an. Sie und seine Frau saßen da und unterhielten sich über ihn hinweg. Sie sprachen über Bücher, die sie gelesen hatten, über Strikken und Aquarellmalerei und Golf – ihm war nie aufgefallen, daß sie so viele Gemeinsamkeiten hatten. Sie sahen sogar gleich aus. Nach einiger Zeit gingen sie hinunter. Am nächsten Tag kam Susanna wieder, aber sie schaute bloß ein paar Minuten zu ihm herein. Sie und seine Frau saßen unten zusammen beim Abendessen und sahen sich im Fernsehen die Gartenbausendung an. Am darauffolgenden Tag mußte er ins Krankenhaus.«

»Dieser Freund«, sagte ich, »das warst du, nicht wahr?«

»Wie hast du das erraten?«

»So ist es immer«, erwiderte ich. »Und ich vermute, den Brief habe ich für dich eingeworfen.«

Er nickte und sah plötzlich sehr müde aus. Die Tür

ging auf, und zwei Frauen traten ein; die runde, blühende Miriam mit einer Pelzkappe auf den roten Haaren und einem Pelzmantel, in dem sie aussah wie eine orangegelbe Katze, und geräumigen Stiefeln mit Reißverschluß, und eine andere Frau, die aussah wie eine Schildpattkatze, ebenso pelzverbrämt und gestiefelt, aber ein bißchen größer. Miriam stellte uns vor.

»Wir können gar nicht lang bleiben, Liebling. Wir lernen doch gerade Italienisch, und wir haben um vier Unterricht. Wir planen eine Osterreise nach Rom, also müssen wir uns sputen. Gib ihm die Pralinen, Susanna, und dann müssen wir los. Wenn der Schnee morgen weg ist, sind wir das ganze Wochenende auf dem Golfplatz; also glaube ich kaum, daß wir uns vor Montag sehen.«

Der kupferne Pfau

Peter Seeburg lebte in einer Wohnung ohne Küche. »Küchen machen dick«, meinte er.

Bernard wollte wissen, ob das einer der Grundsätze der Seeburg-Diät sei, für die Peter auf seiner Reise durch die Vereinigten Staaten werben wollte. Peter mußte lächeln.

»Das einzige, was man braucht«, sagte er, »ist ein elektrischer Wasserkocher im Badezimmer und irgendwo ein Kühlschrank.« Ziemlich geheimnisvoll fügte er hinzu: »Essen gehen hält schlank, weil es so teuer ist.«

Er überließ Bernard die Wohnung, solange er in Amerika war. Sie machten einen Rundgang, und Peter erklärte ihm, wie alles funktionierte. Die Wohnung war sehr sauber. »Dreimal in der Woche kommt eine Putzfrau. Sie heißt Judy. Sie wird dich bestimmt nicht stören.«

»Muß das sein?«

»O ja, mein Lieber, und ob. Wenn ich sie drei Monate nicht kommen lasse, kriege ich sie nie wieder, und das kann ich mir nicht leisten.«

Er würde sich wohl damit abfinden müssen, dachte Bernard. Daß Peter so nett war, ihm die Wohnung kostenlos zur Verfügung zu stellen, damit er dort die Biographie schreiben konnte, konnte er noch immer nicht fassen. Es war so ruhig hier – war dies etwa die einzige Straße in West-London, in der nicht gebaut wurde, wo kein lärmendes Durcheinander von Baugerüsten und

Förderanlagen herrschte? Keinerlei Musikgeräusche drangen durch die Zimmerdecken. Die anderen Hausbewohner verbrachten anscheinend ihre Morgenstunden nicht mit Hausarbeiten für ihre Holzkurse. Die Fenster gingen auf Platanen und Fassaden im Regency-Stil hinaus.

»Sie ist sehr gewissenhaft. Sie wird dir wahrscheinlich die Kleider waschen, wenn du sie rumliegen läßt. Aber du übernachtest ja nicht hier, oder?«

»Auf keinen Fall«, sagte Bernard.

Er hatte sowieso schon Schuldgefühle, Ann den ganzen Tag mit den Kindern allein zu lassen. Aber es hatte keinen Sinn, zu Hause arbeiten zu wollen, unter einem Dach mit einem Zweijährigen und einem Dreijährigen. Er erinnerte sich noch lebhaft daran, wie Jonathan ihm auf die Schultern geklettert war und Jeremy Filzstifte auf seinen Notizen ausprobiert hatte, während er letzte Hand an die Druckfahnen legte. Nun ja, abends wäre er ja wieder bei ihnen. Abends würde er Ann für alles entschädigen.

»Kommt gar nicht in Frage, daß ich hier übernachte«, sagte er zu Peter, als hätte der ihn beim ersten Mal nicht gehört.

Peter händigte ihm die Schlüssel aus. Am Montagmorgen wollte er nach Los Angeles fliegen, der ersten Etappe seiner Reise. Zwei Stunden nach seinem Abflug kam Bernard im Taxi an und brachte zwei riesige Büchertaschen mit. Die Biographie, die er angefangen hatte zu schreiben, handelte vom Leben eines ziemlich unbekannten Dichters aus der Zeit König Edwards. In seinem letzten Buch war es um das Leben eines ziemlich unbekannten viktorianischen Tagebuchschreibers gegangen, und irgendein Kritiker hatte dazu gemeint, das außerordentli-

che schriftstellerische Können und der schwungvolle Er-
zählstil überwögen die Tatsache, daß nur wenige Leute
von dem betreffenden Dichter gehört hatten. Bernard besaß die Gabe, elegant und gewandt über relativ unschein-
bare literarische Gestalten zu schreiben und Bücher zu
produzieren, die sich überraschend gut verkauften.

Er hatte die Angewohnheit, seine Nachschlagewerke
über den ganzen Fußboden auszubreiten. Er baute dazu
kleine Inseln aus Büchern und Notizheften; hier behan-
delte ein Grüppchen die Kindheit seines Helden, dort ein
Häufchen die Werkkritik, da ein Archipel die Kommen-
tare seiner Zeitgenossen. Im Idealfall sollten zwei bis
drei Räume für diesen Zweck reserviert sein. Einige Bücher lagen aufgeschlagen da, bei anderen waren Papierstreifen zwischen die Seiten gesteckt. Die Notizen waren
zu Stößen geschichtet, die Außenstehenden beliebig erscheinen mochten, für Bernard jedoch in einer komple-
xen und präzisen Anordnung arrangiert waren.

Sobald er in Peters Wohnung war und die Tür hinter
sich geschlossen hatte, begann Bernard seine Bücher
nach dieser Methode auszubreiten. Er spürte bereits voller Genugtuung, daß eine ganz bestimmte Kladde mit
neuen Erkenntnissen, die er über die Vorfahren seines
Dichters zusammengetragen hatte, von kleineren Inseln
umgeben unbehelligt liegenbleiben würde, anstatt von
Jonathan beschlagnahmt zu werden, wie es einer ihrer
Vorgängerinnen ergangen war, die ihre neue Bestimmung als Arbeitsbrett für Knetmasse erhalten hatte. Im
Schlafzimmer baute Bernard eine zusätzliche Insel. Andernfalls würde er das Schlafzimmer nicht benutzen, und
die Bücher würden einfach dort liegenbleiben. Auch dies
war eine Vorstellung, die ihm eine intensive, intellektu-

elle Freude bereitete. Nachdem er die Schreibmaschiene in Ermangelung eines Schreibtischs auf den Eßtisch gestellt hatte, machte er sich enthusiastisch, was bei ihm keinesfalls selbstverständlich war, ans Werk.

Am nächsten Morgen fiel ihm jedoch wieder ein, daß die Bücher ja nicht einfach dort liegenbleiben würden. Staub würde sich dort nicht ansammeln können, das würde Judy schon verhindern. Er ärgerte sich bereits vor ihrer Ankunft über ihre Anwesenheit, hob die Bücher wieder auf, markierte die wichtigen Stellen mit Papierstreifen und versiegelte den Stapel im Schlafzimmer mit der frühesten Biographie seines Dichters, die er umgedreht aufgeschlagen oben drauflegte. Den Faden von vorhin wieder aufnehmend, saß er bereits geschäftig arbeitend an der Schreibmaschine, eigentlich geschäftiger und geräuschvoller, als es die Prosa, die er zu Papier gab, rechtfertigte, als er kurz nach halb elf hörte, wie die Wohnungstür auf und wieder zu ging.

Es vergingen ein paar Minuten, bevor sie ins Eßzimmer kam. Vorher klopfte sie an. Bernard war überrascht, wie jung sie war. Sie sah nicht älter als siebenundzwanzig aus. Er hatte eine stämmige, mütterliche Person in den Fünfzigern erwartet. Auf was für Klischees wir doch immer wieder hereinfallen! Sie war schlank, dunkelhaarig und trug Jeans und eine Bluse. Aber ihr hübsches Aussehen hatte etwas Verhärmtes, und ihr Haar war stumpf und trocken. Sie war zu dünn, als daß die Jeans an ihr stramm gesessen hätten, und ihre Hüftknochen standen hervor wie der scharf gekrümmte Rahmen einer Leier.

»Wie wär's mit einem Kaffee?« sagte sie. Keine Vorstellung, kein Gruß. Ihr Lächeln war freundlich und munter. »Um die Zeit mache ich Peter immer seinen.«

Bernard schalt sich einen alten Snob. Wieso um alles in der Welt sollte sie Peter auch Mr. Seeburg nennen? »Danke. Das ist sehr nett von Ihnen.« Er streckte ihr die Hand hin. »Ich heiße Bernard Hope.«

»Freut mich, Bernard. Peter hat mir schon alles über Sie erzählt.« Dafür, daß sie so locker mit Vornamen umging, war ihr Benehmen etwas schüchtern, ihr Händedruck zögernd. »Macht's Ihnen was aus, wenn ich hier drin Milch hole?« fragte sie. »Ich muß den Kaffee ja im Bad machen, aber den Kühlschrank hat er hier drin.«

»Nein, bitte, nur zu.«

»Peter hat gemeint, Ihre Bücher soll ich alle so lassen, wie sie sind, aber Sie sind ja echt ordentlich, oder?« Sie wartete die Antwort gar nicht ab, sondern sagte vertraulich mit einem leichten Kichern: »Ich pack das immer noch nicht, daß der keine Küche hat. Ist doch zum Lachen. Ich muß jedesmal lachen, wenn ich hier bin.«

Dies alles kam Bernard seltsam vor. Da er eine längere Ruhestörung befürchtete, tippte er wild drauflos, als sie ihm den Kaffee hereinbrachte. Vielleicht übte das eine abschreckende Wirkung auf sie aus, oder sie wollte tatsächlich mit ihrer Arbeit vorankommen, denn sie sagte kein Wort mehr, bis es um halb eins Zeit für sie war zu gehen. Sie tauchte in einer Daunenjacke an der Eßzimmertür auf und imitierte – zu seiner Verwunderung – Tippbewegungen auf einer Tastatur.

»Immer weiter so. Also, dann bis Mittwoch.«

Als sie weg war, konnte Bernard es sich nicht verkneifen, aufzustehen und die Wohnung in Augenschein zu nehmen. Er war angenehm überrascht. Die Möbel waren poliert worden, und in der Luft lag frischer Blumenduft. Seine Bücher lagen so, wie er sie hingelegt hatte, die Pa-

pierstreifen an ihrem Platz, die wichtigste Kladde immer
noch umgedreht obendrauf als Bewachung für den darunterliegenden Stapel. Er baute seine Inseln wieder auf. Die
Kaffeetassen waren abgeräumt, gespült und wieder an ihren Platz im Geschirrschrank gestellt worden. Auf einem
Tisch im Wohnzimmer stand ein mit einem Tuch abge-
decktes Tablett, und auf dem Tablett befanden sich ein
paar Sandwiches, die man als »lecker« bezeichnet, dazu
ein Glas Orangensaft, ein blankgeriebener, rotbackiger
Apfel und ein Stück Käse.

Sein Mittagessen. Bernard war ziemlich gerührt, obwohl er sofort wußte, daß sie das für Peter bestimmt auch
machte und es zweifellos als Teil ihrer Pflichten ansah,
für die sie bezahlt wurde. Seit Jeremys Geburt hatte ihm
Ann nie mehr das Mittagessen zubereitet, er hatte immer
selbst für sich gesorgt. Er erwartete ja nicht, daß seine
Frau ihn bediente, natürlich nicht, sie hatte die Kinder
und das Haus zu versorgen, und das war mehr als genug.
Von den Sandwiches waren zwei mit Räucherlachs und
zwei mit Ei und Kresse. Judy mußte die Zutaten mitgebracht und sie im Bad hergerichtet haben. Am nächsten
Tag überlegte er sich gerade, was er ihr Nettes sagen
könnte, aber als er sie ansah, gab es nur eines zu sagen.

»Wie sehen Sie denn aus?«

Sie faßte sich ans Gesicht. Sie hatte ein blaues Auge.
An ihrem Backenknochen glänzte ein dunkelroter Bluterguß, und ihre Lippe war im Mundwinkel eingerissen.
Mit dem Finger berührte sie die Schwellung. »Muß gegen
die Tür gefallen sein, oder?« sagte sie. Merkwürdig, wie
sie sich ausdrückte, in dieser Frageform. Er war sich
nicht sicher, ob er das schon mal gehört hatte. »Die Kü-
chentür, die Klinke war im Weg.« Sie kicherte. »Kommt

davon, wenn man 'ne Küche hat. Vielleicht hat Peter doch recht.«

Er wollte wissen, ob sie schon beim Arzt gewesen war. Und als sie verneinte, sie habe doch keine Geduld, rumzusitzen und stundenlang zu warten, nur um ein Rezept zu bekommen, für das sie sowieso bezahlen mußte, bedankte er sich bei ihr für das Mittagessen. »Keine Ursache, mein Lieber«, erwiderte sie und: »Das ist doch nicht der Rede wert.« Er sah, wie sie die Wunde an ihrer gesprungenen Lippe suchend mit der Zunge befühlte. »Na, dann den Kaffee, was, oder wollen Sie noch 'n Weilchen warten?«

Er trank ihn später im Wohnzimmer und blätterte in seinen Notizen, während sie das Eßzimmer saubermachte. Als er zurückkam, war alles genauso, wie er es verlassen hatte, außer daß sie das Nachschlagewerk, das er neben der Schreibmaschine liegengelassen hatte, zugeklappt hatte, nicht ohne die Seite mit einem Blatt vom Schreibblock zu markieren. An dem Tag bestand das Mittagessen aus Sandwiches mit Pâté, und auf dem Tablett lagen eine Birne und ein Stück Walnußkuchen. Das nächste Mal bekam er Gruyère, Mandarinenjoghurt und ein paar blaue Trauben. Es war umständlich, an den dazwischenliegenden Tagen Pizza holen zu gehen. Nach dem Schrecklichen, das mit Judys Gesicht passiert war, dachte er, sie neige vielleicht zu Unfällen, und erst horchte er noch, ob sie vielleicht etwas fallen ließ, aber sie bewegte sich nahezu geräuschlos in der Wohnung umher, sah kurz herein, um sich im voraus dafür zu entschuldigen, daß sie jetzt den Staubsauger einschalten würde, und erledigte es dann so schnell wie möglich. Sie machte weniger Lärm bei der Hausarbeit als Ann, die das Kehren und Staubwischen schimpfend hinter sich brachte und dabei Putzzeug und Möbel lauthals verwünschte. Bei diesem Gedanken bekam er aber sogleich Schuldgefühle und kam an dem Abend mit einer Flasche Champagner und einer Topfbegonie nach Hause.

Bernard war seit drei Wochen in der Wohnung, als Peter eines Nachmittags anrief. Es war früh am Morgen in Denver, Colorado, wo er gerade angekommen war, um die Segnungen der Seeburg-Diät zu verkünden. Bernard sollte ihm bitte ein Buch schicken. Es sei ein Buch über Kalorien und Kombinationsdiäten; er würde es im Schlafzimmer in einem der Bücherregale an der rechten Seite finden.

»Alles in Ordnung?« erkundigte er sich. »Wie geht's deinem Dichter? Wie kommst du mit Judy zurecht?«

Bernard sagte, vielen Dank, die Biographie mache recht zufriedenstellende Fortschritte. Judy gehe es gut, sie sei ja wunderbar, sehr tüchtig. Es erschien ihm unwichtig, darauf hinzuweisen, daß er heute morgen, obwohl ihr Gesicht verheilt und die Verfärbung um ihr Auge herum verblaßt war, an ihrem rechten Arm Blutergüsse und an ihrer linken Hand ein Heftpflaster bemerkt hatte. Das war ja wohl kaum ein Thema, das er mit Peter besprechen wollte.

»Sie ist das, was Zeitgenossen meines Dichters als Perle bezeichnet hätten.« In der Tat hatte sich sein Dichter zu Dienstmädchen hingezogen gefühlt und ein langjähriges, heimliches Verhältnis mit dem Kindermädchen seiner Schwester gehabt.

»Sag doch bitte hallo von mir, wenn sie nächstes Mal kommt.«

Ihre Hand war immer noch verpflastert, und in ihrem

Gesicht waren anscheinend neue Blutergüsse. Das konnte aber doch nicht sein, bestimmt kam ihm das nur so vor, oder sie war müde oder gehörte zu den Leuten, deren Haut bei der geringsten Berührung schon wund wurde. Es konnte doch gar nicht sein, daß das übel zugerichtete Auge tatsächlich schon wieder verletzt war.

»Ich soll hallo sagen von Peter.«

Die lässige amerikanische Redewendung war ihr offensichtlich neu, aber sie entschlüsselte sie. »Liebe Grüße sagt er, oder? Richten Sie ihm auch welche aus, wenn er wieder anruft. Heute hab ich Kaviar für ihre Sandwiches, na, eigentlich ist es dieses klumpige Fischzeug, aber ich denk mir, schmeckt ja genauso.« Sie zeigte ihm das Glas. »Hübsche Farbe, oder? Eher wie Erdbeermarmelade.«

»Sie sind so nett zu mir, Judy«, sagte er.

»Quatsch. Nett zu Ihnen! Sie wissen's eben zu schätzen, das mag ich, nicht so wie Peter, für den gibt's tagaus, tagein nichts wie Hüttenkäse und Bohnensprossen. Na ja, was will man, wenn einer nicht mal 'ne Küche hat?«

Als die Wohnungstür hinter ihr zu war, baute er wieder seine Bücherinseln auf. Um das Schicksal seiner Bücher oder vielmehr die delikate Position seiner Lesezeichen sorgte er sich nicht mehr. Sie waren bei Judy in guten Händen. Selbst wenn er es versäumte, sie vor ihrer Ankunft aufeinanderzustapeln, blieben sie unversehrt. Etwas Seltsames war geschehen. Er verlangte von ihr gar keine absolute Stille und Unaufdringlichkeit mehr. Er hatte mit ihr vereinbart, daß sie ihm um elf den Kaffee brachte und er zehn Minuten oder sogar eine Viertelstunde Pause machte, um zu plaudern. Meistens redete er, und sie hörte zu, während er über seine Ziele und seine bisherige Karriere sprach, wobei er die Dinge für sie natürlich etwas vereinfachte. Ein Ausdruck des Erstaunens oder einfach des Unverständnisses erschien auf ihrem mageren, ausgehungerten Gesicht. Sie bewunderte ihn, dessen war er sicher, und er war seltsam gerührt von ihrer Bewunderung. Er redete sich ein, daß er sich dadurch weniger selbstgefällig vorkam.

Auch war er sich vorher kaum darüber im klaren gewesen, wie sehr er eine angenehme Umgebung schätzte. Die Unruhe zu Hause, das Chaos, er hatte es als die unausweichliche Konsequenz des modernen Lebensstils akzeptiert. Peters Wohnung war so, wie er das Heim seiner Mutter in Erinnerung hatte, sauber, ordentlich, die Holztäfelung glänzend, auf den Polstermöbeln keine Flecken von verschütteter Milch und verschmierter Schokolade. Im Badezimmer mußte man sich, um zur Toilette zu gelangen, keinen Weg zwischen wahllos verstreuten Nachttöpfen, Papierwindelpaketen, zum Trocknen aufgehängten Arbeitshosen und einer Menagerie von Plastikwassertieren bahnen. Es war friedlich und still und roch nicht nach Urin, Milch und Desinfektionsmittel, sondern nach Bohnerwachs und der gediegenen, trockenen Bittersüße der Chrysanthemen, die Judy zusammen mit dem Kaviar gekauft hatte.

»Du bist ja ganz schön verknallt in sie«, meinte Ann.

»Quatsch«, sagte Bernard, bevor er merkte, wen er da zitierte. »Ich habe nur gesagt, daß sie eine gute Hausfrau ist.« Ann würde es wohl kaum begreifen, wenn er sagte, daß er sich auf halb elf Uhr freute, dann auf die Kaffeepause, auf die Unterhaltungen mit seiner naiven Zuhörerin. Er begriff es ja selbst nicht, daß aus einer Störung ein Vergnügen geworden war.

Peter rief aus Chicago an. Dort war es gerade morgens kurz vor sieben, also nicht ganz eins in London, und Judy war noch in der Wohnung. Bernard glaubte, Peter riefe so früh an, um ihm zum Geburtstag zu gratulieren, und war sehr gerührt. Ann hatte nicht direkt vergessen, was für ein Tag heute war, sie hatte lediglich vergessen, ihm ein Geschenk zu besorgen. Der eigentliche Grund für Peters Anruf war jedoch, um zu sagen, daß das Buch über Kombinationsdiäten angekommen war und ob ihm Bernard bitte das Röhrchen mit den homöopathischen Tabletten im Badezimmerschrank schicken könnte.

»Heute habe ich die Hälfte meines Lebens hinter mir«, sagte Bernard.

»Herzlichen Glückwunsch. Wenn ich das gewußt hätte, hätte ich dir eine Karte geschickt. Sag Judy hallo von mir.«

»Sie sehen aber nicht aus wie vierzig«, sagte sie zu ihm, als sie mit der Daunenjacke in der Tür stand.

Erst wußte er nicht, was sie damit meinte. Als er dann begriff, war er erst leicht gekränkt, dann belustigt. »Fünfunddreißig«, sagte er. »Die Hälfte der männlichen Lebenserwartung. Sie denken, ich halte bis achtzig durch, oder?«

»Ich hätte nicht horchen sollen«, sagte sie. »Tut mir leid. Das war ziemlich unverschämt.«

Er verspürte ein seltsames Verlangen danach, den Arm um ihre schmalen Schultern zu legen und sie kurz an sich zu drücken. »Quatsch«, sagte er. »Wieso sollten Sie nicht horchen? Es war doch nichts Intimes.«

Sie verabschiedete sich und ging, und er legte seine Bücher wieder auf den Fußboden. Ziemlich lustlos machte er sich wieder an die Arbeit. Sein Dichter war mit sämtli-

chen literarischen Größen seiner Zeit bekannt gewesen,
und Bernard beschrieb gerade, wie er während seiner Zeit
als Student in Dublin zum ersten Mal James Joyce begeg-
nete. Joyce, überlegte er, hatte mit einer Bediensteten
erst zusammengelebt und sie dann später geheiratet –
war sie nicht ein Zimmermädchen gewesen? Es wurde
eine glückliche Beziehung zwischen dem Giganten des
Wortes und seiner Nora, die nicht einmal recht lesen und
schreiben konnte.

Schinken-Sandwiches und dünn geschnittene Avo-
cado, Sesamkekse, ein Glas Apfelsaft. Zum ersten Mal
hatte er keinen Appetit darauf. Viel lieber hätte er – und
plötzlich wurde ihm bewußt, daß es so richtig gewesen
wäre – Judy zum Mittagessen ausgeführt. Wieso war ihm
das nicht früher eingefallen, als sie noch da war? Wieso
hatte er nicht daran gedacht, seinen Geburtstag so zu fei-
ern? Obwohl sie schon seit zwanzig Minuten weg war,
ging er ans Fenster und sah nach, ob sie vielleicht rein zufällig immer noch an der Bushaltestelle wartete. Es war
aber niemand im Wartehäuschen bis auf einen alten
Mann, der den Fahrplan studierte.

Sie hätten in das italienische Restaurant um die Ecke
gehen können. Sie war so dünn, daß er sich fragte, ob sie
überhaupt mal etwas Anständiges zu essen bekam. Es
hätte ihm Spaß gemacht, die Gerichte für sie auszusu-
chen und den Wein zu wählen. Ein leichter, frischer Lam-
brusco hätte ihr bestimmt gefallen, und ihm hätte es
nichts ausgemacht, obwohl das Ganze ihm ziemlich an-
geberisch und banal vorgekommen wäre. Aber es war zu
spät, sie war fort. In ihrer Abwesenheit war er nervös und
konnte sich nicht konzentrieren. Er hatte von ihr keine
Telefonnummer, keine Adresse, er wußte nicht einmal

ihren Nachnamen. Wenn sie am Dienstag nicht kam, wenn sie überhaupt nicht mehr kam, wüßte er nicht, wie er sie finden sollte, dann hätte er sie für immer aus den Augen verloren.

Diese Befürchtung war absurd, denn natürlich kam sie wieder. Er hatte kein besonders angenehmes Wochenende verbracht, da Jonathan eine Virusinfektion bekommen und Ann ihre Absicht verkündet hatte, im Frühjahr wieder arbeiten zu gehen. Am Montag mußte er zu Hause bleiben und sich um das kranke Kind kümmern, während Ann mit dem anderen zum Zahnarzt ging. Die Ruhe und Ordnung in Peters Wohnung empfingen ihn, schienen ihn mit einem einladenden Lächeln willkommen zu heißen. Nur noch ein Monat, bis Peter wieder da war, aber daran wollte er gar nicht denken.

Um halb elf kam Judy herein. Sie war immer pünktlich. Die Schwellung war abgeklungen, die Narben waren verheilt, und sie sah sehr hübsch aus. Er dachte, was für eine außergewöhnlich gutaussehende Frau sie doch war, mit den rosigen Wangen und den leuchtenden Augen. Statt sich an seinem Arbeitstisch an die Schreibmaschine zu setzen, hatte er im Wohnzimmer auf sie gewartet, und als sie hereinkam, tat er etwas, das er normalerweise Frauen gegenüber zu tun pflegte, aber noch nie bei ihr getan hatte. Er legte sein Buch beiseite und stand auf. Das schien sie fast zu erschrecken.

»Alles in Ordnung, Bernard?«

Er nickte lächelnd. Er hatte sie bisher noch nie ankommen sehen und sah nun zu, wie sie die Jacke ablegte, ihre Hausschuhe aus der Tasche holte und sie anzog, wobei sie zu der Eigenschaft der Wohnung, die sie jedesmal amüsierte, bemerkte, wenn Peter eine Küche hätte,

könnte sie sich dort umziehen. Nachdem sie ihre abge-
stoßenen Straßenstiefel in die Tasche gesteckt hatte, zog
sie ein Päckchen hervor, eine Art Schachtel, eingewik-
kelt in rosafarbenes Papier mit silbrigen Sprenkeln. Sie
wurde ganz linkisch und sagte, indem sie Bernard das
Päckchen in die Hand drückte: »Da, das ist für Sie. Alles
Gute zum Geburtstag.«

Sie errötete. Sie war knallrot angelaufen. Bernard
machte das Band auf und entfernte das Papier. In der
Schachtel lag auf einem Stück Watte ein metallener Gegenstand, etwa fünfzehn Zentimeter lang und zweiein-
halb Zentimeter breit. Der Schaft war flach wie eine
Messerklinge, und an einem Haken am oberen Ende, der
sich u-förmig nach hinten wölbte, war die Reproduktion
von einem Pfau befestigt, dessen Schwanz sich fächerför-
mig ausbreitete; das Ganze war aus getriebenem Kupfer
gefertigt mit einem Mosaik aus blauen, grünen und vio-
letten Glasstückchen. Auf den ersten Blick hielt Bernard
es für ein billiges Schmuckstück, eine Haarspange vielleicht oder einen Ohrclip. Die knallige Häßlichkeit fiel
ihm sofort auf, und er wußte nicht, was er sagen sollte.
Was war das? Er sah sie an.

»Es ist ein Lesezeichen, oder?« Sie sagte es ganz ernsthaft. »Man legt es in ein Buch, damit man weiß, wo man
gerade ist.«

Er sah immer noch verständnislos drein.

»Schauen Sie, ich zeig's Ihnen.« Sie nahm das Buch, in
dem er gerade gelesen hatte, die Memoiren der Familie
Stephen, die ebenfalls mit seinem Dichter bekannt war.
An der Stelle, die er gerade las, steckte sie die Messer-
klinge ein, klappte das Buch zu und hakte den Pfau am
Buchrücken fest. »Sehen Sie, so funktioniert das!«

»Ja, danke. Vielen Dank.«

Zutraulich meinte sie: »Ich hab doch gesehen, wo ich saubergemacht hab, wie Sie immer eins von den Büchern offen umgekehrt daliegen hatten. Also, man klappt ja nicht gern die Ecken um, besonders wenn's ein Buch aus der Bücherei ist, oder? Das geht doch nicht. Also hab ich mir gedacht, er hat Geburtstag, ich weiß was, ich kauf ihm so ein Ding. Ich hab die in dem Laden da gesehen, oder? Das ist doch genau das Richtige für ihn und seine Bücher, hab ich mir gedacht.«

Es war ein seltsamer Schock. Das Ding war scheußlich. Es war um so beleidigender, da es ja unvermeidbar mit Büchern in Zusammenhang stand, Büchern, für die er doch ein besonders hingebungsvolles Gefühl empfand. Wenn es nicht so dumm und anmaßend klänge, würde er beinahe sagen, Bücher seien heilig. Der Pfauenschwanz, seine gewölbte Brust und das dümmliche Gesicht glitzerten vor dem stumpfen Braunton des Bucheinbands. Dem Hersteller war es sogar gelungen, Rot hineinzubringen. Die Augen des Vogels waren zwei rubinrote Punkte. Bernard nahm sein Buch und das neue Lesezeichen mit ins Eßzimmer. Er ertappte sich dabei, daß er zum ersten Mal seit Wochen die Tür zumachte. Ihm war klar, daß er das blöde Ding benutzen mußte. Sie würde darauf achten, würde erwarten, es bei jedem Besuch zu sehen. Wenn er eins seiner Bücher umgedreht hinlegte, würde sie bestimmt wissen wollen, weshalb er sein neues Lesezeichen nicht benutzte.

»Es gefällt Ihnen, Bernard, oder?« fragte sie, als sie ihm den Kaffee brachte.

»Natürlich gefällt es mir.« Was hätte er sonst sagen sollen?

»Hab ich mir gleich gedacht, daß es Ihnen gefällt. Wie ich's gesehen hab, da hab ich mir gedacht, das ist das Richtige für Bernard.«

Wieso sagten sie eigentlich immer alles zweimal, diese Leute? Sie hatte sich wie gewöhnlich ihm gegenüber gesetzt und wartete, daß er das Gespräch einleitete. Aber heute morgen wollte er nicht reden, er hatte nichts zu sagen. Es kam ihm sogar so vor, als habe sie ihn irgendwie betrogen. Es zeigte doch, wie wenig sie seine Worte begriff, wenn sie ihm nach allem, was er gesagt und ihr von sich offenbart hatte, noch dieses geschmacklose, vulgäre Ding hatte kaufen können. Ihm war klar, daß es lächerlich war, aber er wurde dieses Gefühl einfach nicht los. Er nahm den Kaffee, tat, als sei er in Gedanken versunken und kehrte an seine Schreibmaschine zurück.

Ehrlich mit sich selbst – er versuchte es jedenfalls – gab er zu, was er eigentlich im Sinn gehabt hatte. Er hatte mit ihr schlafen wollen. Warum? Um sie zu seiner Nora zu machen? So weit war er nie gegangen, nicht mal in Gedanken. Er hatte einfach an Liebe gedacht, an die Freude, mit ihr auszugehen, ihr etwas zu bieten. Aber er war ja verrückt! Zwischen ihnen lagen doch Welten, eine riesige Kluft klaffte zwischen ihnen, wie sie ja durch ihr krasses Mißverständnis all dessen, was er war und darstellte, bestätigt hatte. Es geschah ihm ganz recht, wenn er solche Ziele und Absichten verfolgte. Bestimmt lag es daran, daß der Gegenstand seines Buches von ihm Besitz ergriff, sein Dichter, der sich als Sechzehnjähriger vor Frank Harris damit brüstete, das Küchenmädchen seiner Mutter geschwängert zu haben.

Er nickte ihr zerstreut zu, als sie ausgehbereit den Kopf zur Tür hereinsteckte. Peter rief, kurz nachdem sie ge-

gangen war, aus Philadelphia an, und nach dem Gespräch
mit ihm fühlte sich Bernard etwas besser. Es gelang ihm,
aus der Überreichung des Pfauen-Lesezeichens eine
recht amüsante Geschichte zu machen. Peter bemitleidete ihn und war auch der Meinung, daß er das Ding ja
nun wohl würde benutzen müssen, und zwar deutlich
sichtbar, zumindest für die Dauer seines Aufenthaltes.
Natürlich erwähnte Bernard sein inzwischen verebbtes
Verlangen nach Judy nicht, auch nicht gegenüber Ann,
als er ihr die Sache am gleichen Abend erzählte. Ann
hatte im Gegensatz zu Peter den Vorteil, daß er ihr das
Ding tatsächlich zeigen konnte.

»Das ist Kupfer‹, sagte sie, »sieht nicht wie Massen-
ware aus. Es war wahrscheinlich ziemlich teuer. Damit
kannst du aber nichts anfangen, es ist scheußlich.«

»Ich will ihr nicht weh tun.«

»Und was ist mit dir? Bist du denn nicht wichtig?
Wenn du's nicht direkt sagen willst, daß du das Ding
nicht ausstehen kannst, dann sag ihr doch, du hättest es
zu Hause liegengelassen oder verloren. Gib es mir, ich
verliere es für dich.«

Am nächsten Tag folgte er ihrem Rat und ließ das Lesezeichen zu Hause. Judy sagte nichts, obwohl sie an dem
Tag wie üblich im Schlafzimmer staubwischte und er
seine Kladde dort umgedreht auf dem Stapel mit den anderen Büchern liegengelassen hatte. Sie goß Peters Pflanzen und putzte die Fenster. Er unterbrach die Arbeit
nicht, als sie ihm den Kaffee brachte, sondern sah nur
kurz hoch und bedankte sich. Aber er merkte, daß ihr
Blick auf den Büchern lag, die die Hälfte des Eßtisches bedeckten. Er war sicher, daß sie den Pfau suchte. Er dankte
ihr noch einmal in einem möglichst abweisenden Ton,

worauf sie sich rasch umdrehte und aus dem Zimmer ging. Die Sandwiches, die sie ihm zum Mittagessen dagelassen hatte, waren mit Thunfisch aus der Dose und Salatgurke belegt, dazu gab es ein Erdbeerjoghurt und einen Schokoladenriegel. Bernard bildete sich ein, der Standard sei gesunken.

Es war ihm eine Erleichterung, daß sie am Donnerstag wie immer nicht kam. Am Freitag sah ihr Gesicht wieder so aus wie in der ersten Woche, das eine Auge blau und geschwollen, ein Bluterguß an der Wange und die Lippe aufgerissen. Aber er sagte nichts dazu. Er bemerkte, wie sie alle Bücher auf dem Tisch eingehend betrachtete, und nachdem sie aus dem Zimmer war, ging er leise zur Tür und beobachtete durch den Spalt hindurch, wie sie die aufgestapelten Bände bedächtig verschob, um die Oberfläche eines Schränkchens abzuwischen. Inzwischen mußte sie begriffen haben, daß er das Lesezeichen nicht mochte und keine Absicht hatte, es zu benutzen.

Es war natürlich falsch, zu solchen Leuten zu freundlich zu sein, sich mit ihnen auf eine Stufe zu stellen. Er war es eben nicht gewohnt, Hausangestellte zu haben, daran lag es. Wer war das schon heutzutage? Als er sich wieder an die Arbeit setzte, beneidete er plötzlich seinen Dichter, der sich, obwohl relativ mittellos, trotzdem einen Diener und zwei Dienstmädchen gehalten hatte.

Sie sprach ihn an wie früher, als sie ihm den Kaffee hereinbrachte. Zögernd, als dächte sie, er sei schlechtgelaunt, und sie müßte ihn versöhnlich stimmen, meinte sie: »Ich seh ja ganz schön schlimm aus.«

Er sah auf, betrachtete noch einmal das übel zugerichtete Auge. Wie hatte er sie jemals hübsch finden können? Dann dachte er plötzlich, daß sie ihm vielleicht etwas mitteilen, ihn um etwas bitten wollte. Womöglich wollte sie ihn schon wieder fragen, ob ihm das Lesezeichen gefiel? Er runzelte die Stirn und machte ein ungeduldiges Gesicht. »Machen Sie doch bitte die Tür hinter sich zu, Judy!«

Wie auch immer, was den Standard des Mittagessens anbetraf, so hatte er sich jedenfalls geirrt; an Pastrami-Sandwiches, Brunnenkresse und der Scheibe Ananas war nichts auszusetzen. Anns Ratschlag war gut. Mit seiner Unnachgiebigkeit hatte er der Frau gezeigt, daß er sich ihren scheußlichen Geschmack nicht aufzwingen ließ. Aber mit dem, was dann am Dienstag geschah, hatte er nicht gerechnet. Sie kam nicht.

Für eine Weile, als es elf Uhr vorbei war und er sicher sein konnte, daß sie nicht mehr kam, war er noch recht stolz, standhaft geblieben zu sein. Er war stark gewesen und hatte sie abgewimmelt. Dann war er froh, geradezu erleichtert. War es denn nicht absurd, dreimal in der Woche eine Putzfrau kommen zu lassen für einen, der hier nicht einmal übernachtete und kaum Mahlzeiten einnahm? Natürlich würde sie wiederkommen, wenn Peter in drei Wochen zurückkehrte. Er war's doch, dem sie eins auswischen wollte. Sie war beleidigt, weil er nicht klein beigeben und ihr gräßliches Geschenk benutzen wollte.

Als er abends nach Hause kam, hatte er sich über ihren Abgang in eine ziemliche Rage hineingesteigert. »Sie hätte wenigstens anrufen und sich entschuldigen können.«

»Das tun die nicht«, sagte Ann. »So was tun diese Leute nicht.«

Etwaige Hoffnungen auf Judys Rückkehr wurden bald zerstreut. Es war klar, daß sie nicht mehr kommen würde. Bernard gewöhnte sich an, auf dem Weg zur Wohnung etwas zum Mittagessen zu besorgen. Den Kaffee ließ er ausfallen. Es war ja nicht so, daß er auf ihn angewiesen war; Ann hatte ihm auch nie welchen gemacht. Er ließ seine Bücher überall auf dem Fußboden herumliegen, umgedreht oder mit Papierstreifen zwischen den Seiten. Natürlich war er mit seiner Dichterbiographie noch nicht fertig, bis Peter zurückerwartet wurde, nicht einmal ein Viertel hatte er geschafft, aber der Anfang war ihm so gut von der Hand gegangen, daß er das Gefühl hatte, nun trotz Jeremy und Jonathan, trotz Chaos und Lärm zu Hause weiterarbeiten zu können.

Am Morgen vor seinem geplanten Abflug rief Peter von New York aus an. Sie redeten übers Wetter, die schweren Schneestürme, die die amerikanische Ostküste heimgesucht hatten. Dann sagte Peter: »Das mit Judy war doch furchtbar.«

Ein ganz schön starker Ausdruck, aber Peter drückte sich eben manchmal etwas exaltiert aus.

»Woher wußtest du das?« fragte Bernard.

»Ich hab's natürlich in der Zeitung gelesen. Wenn ich hier bin, lese ich möglichst regelmäßig englische Zeitungen.«

Sie redeten offensichtlich aneinander vorbei. »Was hast du in der Zeitung gelesen?«

Peter klang verwundert. »Na, daß er sie umgebracht hat natürlich. Hat mich ja überhaupt nicht gewundert, ich hab's ihr immer gesagt, eines Tages würde er's so weit treiben. Ich habe ihr gesagt, sie soll ihn verlassen, aber sie wollte ja nicht. Sie hat doch bestimmt mit dir über ihn gesprochen! Das kann doch nicht sein, daß du die ganze Zeit nie Spuren gesehen hast von dem, was der ihr angetan hat. Jetzt ist er wegen Mordes angeklagt. Liest du denn keine Zeitung?«

Er habe ihren Namen nicht gewußt, sagte er, er habe nicht gewußt, wo sie wohnte, gar nichts habe er von ihr gewußt.

»Über was habt ihr denn gesprochen? Hast du sie denn nicht gefragt?«

Bernard verabschiedete sich und ließ den Hörer langsam auf die Gabel sinken. Worüber hatten sie eigentlich gesprochen, er und Judy? Über seine Arbeit, englische Literatur, Bücher, seine Karriere. Er hatte geredet, und sie hatte zugehört. Ganz fasziniert, dachte er jetzt, ihr mißhandeltes Gesicht erhoben, ihre übel zugerichteten Augen aufmerksam auf ihn gerichtet. Warum hatte sie denn nicht gesagt, was bei ihr zu Hause los war? Warum, statt ihm dieses lächerliche, geschmacklose Ding zu schenken, hatte sie ihn denn nicht um Beistand angefleht, sich ihm anvertraut, sich ihm angeboten?

Er sagte kein Wort darüber zu Ann. »Was ist eigentlich aus dem Lesezeichen mit dem Pfau geworden?«

»Die Kinder haben damit gespielt, und Jeremy hat es andauernd in den Mund gesteckt, da hab ich's weggeworfen.«

Er wollte sie schlagen, er wollte sie ohrfeigen und klammerte krampfhaft die Hände ineinander, um es nicht zu tun.

Unkraut

»Ich bin mir gar nicht sicher«, sagte Jeremy Flint-wine, »ob ich Unkraut überhaupt unterscheiden kann von allem, was das Gegenteil von Unkraut ist.«

Das Mädchen sah ihn argwöhnisch an. »Na, richtige Pflanzen.«

»Unkraut ist aber doch auch eine Pflanze.«

Emily Hithe war nicht bereit, sich auf einen Streit ein-zulassen. »Dann erkläre ich Ihnen das Spiel eben noch einmal«, sagte sie. »Sie müssen versuchen, ein Unkraut zu finden. In den Blumenrabatten, in den Rosenbeeten, irgendwo. Wenn Sie eins finden, brauchen Sie es bloß meinem Vater zu zeigen, dann gibt er Ihnen dafür ein Pfund. Haben Sie's jetzt verstanden?«

»Ich dachte, es wäre zugunsten der Krebsforschung. Dabei springt aber nicht sehr viel Geld heraus.«

Sie lächelte ziemlich unfreundlich. »Sie werden auch kein Unkraut finden.«

Die Besichtigung des Gartens kostete zwei Pfund Ein-tritt pro Person. Jeremy, der Verleger war und in Islington wohnte, hatte die Wragleys mitgenommen, bei denen er gerade zu Besuch war. Sie waren von ihrem Haus im Dorf zu Fuß hergekommen, ein recht ausgiebiger Spaziergang für einen sommerlichen Sonntagnachmittag nach einem reichhaltigen Mittagessen. Von Wohltätigkeitsveranstal-tungen oder Gesellschaftsspielen war keine Rede gewe-sen. Jeremy überlegte sich bereits, wie er von hier wieder weg konnte. Ihm war sehr daran gelegen, den Zug um zwölf nach sieben von Diss nach London noch zu erreichen.

Die Wragleys und ihre achtjährige Tochter Penelope waren auf einem der Pfade verschwunden, die durchs Gebüsch führten. Ein paar Leute standen auf dem Rasen herum, tranken Tee und aßen Vollkornkekse, für die man zahlen mußte. Jeremy bot das Landleben immer wieder Anlaß zum Staunen. Zum Beispiel, daß die Leute einander alle kannten. Diese extreme Exzentrik bei fast allen, so daß man fälschlicherweise den Verdacht bekam, sie sei aufgesetzt. Die Kleidung. Sachen, die er für unmodern gehalten hatte, Baumwollkittel und Sportjacken, waren überall zu sehen. Er hatte eigentlich gedacht, er sei passend gekleidet, aber nun war er sich dessen nicht mehr so sicher. Jeans waren offensichtlich nicht korrekt, außer bei unter Zwölfjährigen, und er trug Jeans, ein altes, sehr sauberes, sorgfältig ausgewähltes Paar, ein offenes Hemd und eine italienische Seidenstrickweste von lässiger Eleganz. Außerdem stak im obersten Knopfloch der Strickjacke eine rote Klatschmohnblüte, die Penelope Wragley mitsamt den Wurzeln aus dem Gras am Wegrand gerissen hatte.

Das Blumengeschenk hatte er anläßlich einer von George Wragleys literarischen Anekdoten erhalten. George, der Dichterbiographien schrieb, war keiner von Jeremys Autoren, sondern seine Frau Louise, die Kinderbuch-Bestseller produzierte und ihren Mann vergötterte. Deshalb fand Jeremy es angebracht, mehr oder weniger höflich zuzuhören, wenn George unablässig von Francis Thompson und den Meynells schwafelte. Während des mühseligen Fußmarschs zum Garten der Hithes erzählte

George, wie eines der Meynell-Kinder dem opiumsüchti-
gen Thompson in einem Feld in Suffolk mit der angemes-
senen Symbolik eine Mohnblume überreichte und ihm
gebot: »Behalte sie in Ewigkeit!« Penelope hatte Jeremy
daraufhin, sehr zum Entzücken ihrer Eltern, den Knopf-
lochschmuck präsentiert, obgleich er weder Dichter
noch opiumsüchtig war.

Sie waren am Eingang angekommen und hatten das
Eintrittsgeld bezahlt. Eine Menge Leute standen auf der
Terrasse und auf den Rasenflächen. Die Makellosigkeit
der Gartenanlagen war beinahe erdrückend, einige Blumen sahen wie gewaschen und gebügelt aus, andere wie
aus Wachs. Das Gras hatte den Grünton eines Billard-
tisches und war fast genauso glatt. Jeremy fragte eine ältere Frau, eine der Teetrinkerinnen, ob Rodney Hithe das
alles selbst instand halte.

»Er hat natürlich einen Gehilfen«, sagte sie.

Ihr kühler Ton war wenig ermutigend, aber Jeremy gab
nicht auf. »Das ist bestimmt eine Menge Arbeit.«

»Ach, der alte Rod hat das schon im Griff«, sagte das
Mädchen neben ihr, vielleicht ihre Enkelin. »Der läßt die
Puppen ganz schön tanzen.«

Daran hatte Jeremy keinerlei Zweifel. Rodney Hithe
war ein lauter und schriller Mann. Seine Stimme war
laut, und er trug ein Jackett aus schrillem blaurot karier-
tem Tweed. Obwohl er recht umgänglich wirkte, die
Frauen mit »Liebling« und die Männer mit »alter Junge«
anredete, vermutete Jeremy, daß er ein Mensch war, dem
man besser nicht in die Quere kam. Seine rauhe Stimme
und sein blechernes, lustloses Lachen waren von einem
Ende des Gartens bis zum anderen vernehmbar.

»Ich möchte lieber kein Unkraut finden«, sagte die Enkelin und sprach damit Jeremy aus der Seele. »Nicht einmal für ein Pfund. Nicht auf die Gefahr hin, Rod damit unter die Augen treten zu müssen.«

Während er den Gehweg entlangging, den die Wragleys vorher eingeschlagen hatten, sah Jeremy Leute auf allen vieren hier einen blühenden Farnwedel, dort einen doldenblütigen Strunk hochheben, in der schwachen Hoffnung, darunter einen Schatz zu entdecken. Die Wragleys waren nirgends zu sehen. In einer entlegenen Ecke des Gartens, wo symmetrisch angelegte Rosenbeete auf zwei Seiten von Steinmauern eingefriedet waren, stand ein gemauertes Bänkchen. Jeremy wollte sich auf dem Bänkchen ein wenig niederlassen und eine Zigarette rauchen. Bestimmt hatte niemand etwas dagegen, wenn er an diesem weit abgelegenen Plätzchen rauchte. Jedenfalls konnte ihn hier keiner sehen.

Er nahm gerade sein Feuerzeug aus der Hosentasche, als von der anderen Seite der Mauer plötzlich ein Geräusch zu hören war. Er lauschte. Das Geräusch wiederholte sich; es klang wie ein Atemzug und ein tiefer Seufzer. Jeremy fragte sich später, weshalb er eigentlich nicht sofort begriffen hatte, welche Art von Betätigung so ein Seufzen, ja fast Schluchzen hervorrief, und weshalb er anfänglich gedacht hatte, Schmerz, nicht Lust sei der Auslöser gewesen. Jedenfalls war er ein neugieriger Mensch. Ohne langes Zögern stemmte er sich hoch, um über die Mauer sehen zu können. Seine bisherigen Erfahrungen mit dem Landleben hatten ihn auf derartiges nicht vorbereitet. Jenseits der Mauer lag eine kleine, umfriedete Fläche, eine Art Innenhof, der von Schweine- oder Kuhställen begrenzt war. In einer Öffnung an einem dieser Gebäude sah er auf einem Heuhaufen ein nacktes

Mädchen in den Armen eines Mannes liegen, der seiner-
seits nicht nackt, sondern mit einem Hemd und einer
Trainingshose bekleidet war.

»In seinen Armen liegen« konnte man das, was das
Mädchen tat, nicht gerade nennen, aber es war ein be-
schönigender Ausdruck, der Jeremy lieber war als »zusammen schlafen« oder etwas noch Freizügigeres. Er ließ
sich wieder an der Mauer hinunter, nicht ohne vorher
festgestellt zu haben, daß der Mann tief gebräunt war und
einen schwarzen Bart hatte und die Ähnlichkeit des
Mädchens mit Emily Hithe die Vermutung nahelegte, sie
sei ihre Schwester.

Das hier war kein Platz für eine ruhige Rauchpause. Er
wanderte zwischen dem Buschwerk hindurch zurück
und zündete sich im Gehen eine Zigarette an. Die Un-
krautjagd war immer noch in vollem Gang, unter den Bü-
schen und zwischen den Bergblumen im Felsengarten,
und wurde in letzterem natürlich äußerst behutsam mit
den Fingerspitzen ausgeführt, um ein Verletzen der Blü-
tenblättchen zu vermeiden. Ihm fiel auf, daß keine der
Frauen hohe Absätze trug. Rodney Hithe sagte gerade zu
einer Frau, die einen Pekinesen mitgebracht hatte, daß
sie den Hund tragen müßte. Die Wragleys standen auf
dem Rasen mit einem Paar mittleren Alters zusammen;
beide hatten Strohhüte auf, und George Wragley erzählte
ihnen gerade eine Anekdote über eine alte Dame, die bei
einem Abendessen neben P. G. Wodehouse gesessen und
während des ganzen Essens enthusiastisch über sein
Werk gesprochen hatte in der Annahme, er sei Edgar Wal-
lace. Man lachte höflich. Jeremy erkundigte sich bei Louise, wann sie denn vorhätte, nach Hause zu gehen.

»Keine Sorge, wir kommen nicht zu spät. Wir bringen

Sie schon zum Bahnhof. Es gibt ja immer noch den letzten Zug, nicht, den um acht Uhr vierundvierzig?« Sie
fügte vertraulich hinzu: »Ich möchte doch nicht, daß der
gute alte Rod sich über uns ärgert, wenn wir, kaum daß
wir da sind, schon wieder gehen. Unter uns gesagt, in seiner Ehe hat's in letzter Zeit etwas gekriselt, und ich
möchte es ihm nicht noch schwerer machen.«

Diese Kostprobe von Louises Arroganz verschlug Jeremy ganz schön die Sprache. Zweifellos wollte die Frau
damit sagen, daß die Anwesenheit einer Berühmtheit
wie ihr in diesem Garten Rodney Hithe eine große Ehre
erwies, die ihn reichlich für sein zerfallendes Familienle-
ben entschädigte. Eben sann er über Eitelkeit und Autoren und Selbsttäuschung nach, als der Gegenstand von
Louises Bemerkung auf die beiden zukam und Jeremy be-
fahl, seine Zigarette auszumachen. Er sprach im Tonfall
eines Gefängniswärters, der einen gewohnheitsmäßigen
Gewaltverbrecher zusammenstaucht. Jeremy, der eine
gehörige Portion Humor besaß, beschloß, sich von Hithe
nicht einschüchtern zu lassen.

»Hier draußen kann doch bestimmt nichts passieren.«

»Es wäre mir lieber, Sie würden Ihre dreckigen Kippen
im Empfangszimmer meiner Frau rauchen als in meinem
Garten.«

Die Zigarette mit dem Fuß auf dem Rasen auszudrük-
ken, wäre ein eklatanter Fauxpas gewesen. »Da«, sagte
Jeremy, »drücken Sie sie doch selbst aus«, und er bemühte sich, Hithes starrem Blick standzuhalten. Louise
kicherte nervös. Hithe hielt die Zigarette weit von sich
weg und ging auf der Suche nach einem geeigneteren Un-
tergrund, um sie auszudrücken, aufs Haus zu und kam
mit einem Gewehr zurück.

Jeremy bekam einen gewaltigen Schock. Er war entsetzt. Er wich ein paar Schritte zurück. Obwohl er sofort
begriff, daß Hithe nicht zurückgekommen war, um Rache zu üben, sondern um dem Mann mit dem Strohhut
seine neue Flinte zu zeigen, war er doch ziemlich er-
schüttert. Dann ging die Zeremonie des Einschießens,
wie das wohl hieß, vonstatten. Der Mann mit dem Strohhut blinzelte den Gewehrlauf entlang. Jeremy versuchte
sich zu erinnern, ob er schon einmal ein echtes Gewehr
gesehen hatte. Dies war eine Seite des ländlichen Lebens,
die er mehr als alles andere mißbilligte.

Vor den Terrassentüren wurde von einem aufgebock-
ten Tisch aus immer noch Tee serviert. Er kaufte sich
eine Tasse Tee und ein paar von den nahrhaften Keksen.
Es war ziemlich unwahrscheinlich, daß ein Zug, der am
Sonntagabend durch Nord-Suffolk fuhr, ein Restaurant
oder zumindest einen Büfettwagen führen würde. Es ging
auf sechs Uhr zu. Und da bemerkte er auf einmal das
Mädchen, das er zuletzt in den Armen des bärtigen Mannes gesehen hatte. Sie war nun nicht mehr nackt, sondern trug ein T-Shirt und ein Paar kurze Hosen. Trotz
dieser Kleidungsstücke, oder vielleicht deswegen, sah sie
um einiges älter aus als vorhin. Jeremy hörte, wie sie zu
der Frau mit dem Hund auf den Armen sagte: »Eigentlich
müßte man ihn ja einen Beijinesen nennen« und in schal-
lendes Gelächter ausbrach.

Er fragte die Hundebesitzerin, eine praktisch ausse-
hende Frau, wie weit es nach Diss sei.

»Nicht weit«, erwiderte sie. »Zwei bis drei Meilen.
Was meinst du, Deborah, zwei Meilen oder eher drei?«

Deborah Hithes Ansicht über die Entfernung sollte Jeremy nie erfahren, denn als sie gerade den Mund auf-

machte, brachte ein bellender Aufschrei von Rodney alle Gespräche zum Verstummen.

»Das haben Sie aber nicht hier im Garten gefunden!«

Er stand mitten auf dem Rasen; das Gewehr hielt er nicht mehr in den Händen, sondern hatte es einem Mädchen in Reithosen zur Ansicht gegeben. Vor ihm stand der braungebrannte, bärtige junge Mann, den Jeremy unzweifelhaft als Deborahs Geliebten identifizierte. Er hielt mit einer foppenden Gebärde, um Hithe zu provozieren, ein Pflänzchen mit roter Blüte in die Höhe. Einen Augenblick lang war nur Louises Kichern zu hören, ein Geräusch, von dem er vor diesem Wochenende nie gedacht hätte, daß sie es so oft machte. Rasch hatte sich eine Menschenmenge gebildet, bestimmt sämtliche Dorfbewohner, so kam es Jeremy jedenfalls vor; von Louise wußte er, daß es etwas über dreihundert waren.

Der Mann mit dem Bart sagte: »Aber ja doch. Soll ich Ihnen zeigen, wo?«

»Natürlich hätte er es nicht rausreißen dürfen«, flüsterte Emily. »Ich fürchte, wir haben vergessen, das in die Spielregeln zu schreiben, daß man sie nämlich nicht rausreißen soll.«

»Das ist der Freund von deiner Schwester, stimmt's?« rief Jeremy.

Er erntete einen Blick voller Wut und Entrüstung. »Meine *Schwester?* Ich habe gar keine Schwester.«

Deborah beobachtete die beiden auf dem Rasen. Er sah, wie sie ein Zittern durchfuhr. Der Mann, der das Unkraut gefunden hatte, forderte Hithe mit einer Handbewegung auf, ihm auf dem heckengesäumten Pfad zu folgen. George Wragley zuckte übertrieben mit den Schultern und fing an, dem Mädchen in Reithosen eine lange, witzlose Geschichte über Virginia Woolf zu erzählen. Auf einmal merkte Jeremy, daß es viel kälter geworden war. Es war ein kühler blaßgrauer, windstiller Tag gewesen, ein typischer englischer Sommertag, und nun wurde es allmählich frostig. Er wußte nicht, weshalb er plötzlich wieder an das Gewehr denken mußte und sein Fehlen bemerkte.

Penelope Wragley, die sich bei der Frau am Teeausschank lieb Kind gemacht hatte, war gerade damit beschäftigt, die Biskuitreste zu vertilgen. Sie konnte er am besten fragen, wer Deborah war, sie würde es ihm wahrscheinlich am wenigsten so unverständlich übelnehmen, obwohl ihm aufgefallen war, wie mißbilligend sie ihn und besonders seine Strickweste gemustert hatte. Er beschloß, es zu riskieren.

Sie sah ihn unverwandt an und sagte, als ob er es eigentlich wissen müßte: »Deborah ist doch Mrs. Hithe.«

Die Schlußfolgerung aus dieser Tatsache hätte ausgereicht, um Jeremys Gedanken für die Dauer seines Aufenthalts in diesem Garten und darüber hinaus zu beschäftigen, wenn nicht im gleichen Augenblick ein lauter Knall zu hören gewesen wäre. Es hallte wie eine erschütternde Explosion in seinen Ohren wider und kam von der anderen Seite des Gebüschs herüber. Die Leute begannen, in Richtung auf das Geräusch zu rennen, noch bevor der Nachhall verebbt war. Der Rasen leerte sich. Jeremy bemerkte, daß er auf einmal zitterte. Er sagte zu der Kleinen, die aber nicht auf ihn hörte: »Geh da nicht hin!« und lief dann hinter ihr her.

Der Mann mit dem Bart lag auf dem Rücken im Rosengarten; im Gras war Blut. Deborah kniete sich neben ihn und stieß einen lauten, wehklagenden, heulenden Schrei aus, und Hithe stand zwischen zwei quadratischen Rosenbeeten und hielt das Gewehr in den Händen. Das Gewehr rauchte nicht mehr, aber man konnte den starken Geruch von Schießpulver wahrnehmen. Ein gewaltiger Tumult entstand unter den Unkrautjägern; die ganze Szene wurde von Penelope Wragley mit einem gewissen hämisch faszinierten Entsetzen beobachtet, sie war ins infantile Stadium regrediert und sah mit dem Daumen im Mund zu. Das Pflänzchen war nirgends zu sehen.

Jemand sagte überflüssigerweise oder vielleicht doch nicht überflüssigerweise: »Es war natürlich ein ganz besonders tragischer Unfall.«

»Unter diesen Umständen.«

Das Geflüster stammte wahrscheinlich von Louise. Jeremy beschloß, die Bestätigung seiner Annahme nicht abzuwarten. Hier hatte er nichts mehr zu schaffen. Er wollte nur noch so schnell wie möglich weg von diesem Ort des Schreckens, irgendwie nach Diss und den Zug nehmen, irgendeinen Zug, vielleicht den letzten. Die Wragleys konnten ihm seine Sachen ja nachschicken.

Er ging den Weg zurück, den er gekommen war; überrascht stellte er fest, daß er auf Zehenspitzen ging, was natürlich unnötig war. Emily rannte an ihm vorbei ins Haus zum Telefon. Der Pekinese beziehungsweise Beijinese hatte angefangen, wild zu kläffen. Jeremy ging leise ums Haus herum, an den Salonfenstern vorbei und durch das offene Eingangstor hinaus auf die Straße.

Der Schuß hallte ihm immer noch im Ohr, der Anblick des roten Blutes stand ihm immer noch vor Augen. Der ungewohnte Fußmarsch hätte vielleicht eine wohltuende Wirkung auf ihn. Da ein dünner Regen eingesetzt hatte, war es ein Trost, das Hinweisschild zu erreichen,

auf dem stand, daß dies die Richtung nach Diss war und
es nur noch eineinhalb Meilen waren. Eines war ihm
klar: auf dem Land schienen sich Mensch und Natur in
aller Blöße zu zeigen. Was für ein Alptraum war dieser
Nachmittag gewesen, der in dieser furchtbaren Gewalt-
tat gegipfelt hatte! Wie furchtbar aber auch diese Wragleys und Penelope waren, so wie er es früher nie für möglich gehalten hätte! Wieso waren Autoren eigentlich immer so scheußlich? Warum hatten sie solche abscheuli-
chen Ehegatten und ungezogenen Kinder? Penelope
hatte ihn, als er sie nach Deborah Hithe gefragt hatte,
dermaßen angewidert gemustert, als sei er blutüber-
strömt wie der arme Kerl.

Da faßte Jeremy mit der Hand an seine Strickweste
und befühlte die Vorderseite, klopfte sie mit beiden Händen ab, als suchte er seine Brieftasche, sah hinunter, sah
daß der rote Klatschmohn, den sie ihm geschenkt hatte,
weg war. Das erklärte ihre Entrüstung. Die Mohnblüte
mußte herausgefallen sein, als er sich hochgestemmt
und über die Mauer geschaut hatte.

Es dauerte ein paar Augenblicke, bis ihm der Grund für
sein plötzliches, furchtbares Entsetzen klar wurde.

Der Fischwärter

Neben der *Empress Court* Disco-Rollschuhbahn in der Seoul Road in Southend befand sich die *Daleth-Foods*-Filiale von Südost-Essex und daneben das Aquarium. Es war eine Uferpromenade mit interessanten, ja exotischen Geschäften, wie man sie oft in der Umgebung von Seebädern findet. Es wurden Waren verkauft, Dienstleistungen angeboten, und amüsieren konnte man sich auch.

In der winzigen Wohnung über Magdas Sportgeschäft zum Beispiel sagte Ruta Yglesias, die Hellseherin, die Zukunft voraus, daneben war ein Schönheitssalon, ganz auf Augen spezialisiert und wie man die Lider und Wimpern bemalte und ihren Glanz vorteilhaft zur Geltung brachte, und im letzten Geschäft an der Promenade, beim Fotografen, konnten sich kleine Mädchen mit Tutus und bis ans Knie über Kreuz geschnürten Seidenbändern kostümieren und beim Modellstehen davon träumen, sie seien Veronica Spencer und tanzten *Giselle*.

Der richtige Name des Aquariums lautete ›Malvinas Meeresmuseum‹, ein pompöser Titel für eine eigentlich ziemlich bescheidene Angelegenheit. An einem sonnigen Nachmittag, als die Strände und Läden bevölkert, die Vergnügungspassagen voll und die Straßen leergefegt waren, machte Mrs. Trevor mit ihrem Fischwärter einen Rundgang durch den Raum mit den Aquarienbecken. Selbst an einem Tag wie heute war er hell erleuchtet,

denn jedes Becken hatte zusätzlich zur eigenen Umwälz-
pumpe auch seine eigene Leuchtröhre. Die Röhren waren zweckmäßigerweise auf Fußbodenhöhe angebracht,
um so das ständig bewegte, ständig blubbernde grüne
Wasser darunter zu beleuchten, und verliehen dem Bek-
kenraum einen bläulichgrünen, ziemlich dunstigen
Schein. Im darunterliegenden Raum waren die Aquari-
enbesucher nur gelegentlich verschwommen durch Glas
und Wasser zu sehen, während sie sich meist schweigend
zwischen den Sarcopterygii, den Selachii und den Deka-
poda bewegten. Einige blieben stehen, um die gedruck-
ten und bebilderten Schilder zu lesen, die an der Wand
neben jedem Becken angebracht waren. Andere drückten
die Gesichter an die kühle Scheibe, und die Meerestiere
schwammen näher heran, um sie in Augenschein zu nehmen.

»Wissen Sie, Cyril, daß das mein erster Urlaub ist, seit
ich mit dem Aquarium angefangen habe?« sagte Mrs.
Trevor gerade. »Na, genauer gesagt, der erste, seit ich
nicht mehr für Sie-wissen-schon-wen arbeite.«

Cyril Biggs wußte sehr wohl, wen sie meinte, und
hatte genausowenig Lust, den Namen der bekannten Ro-
manschriftstellerin auszusprechen wie deren ehemalige
Haushaltshilfe! Daß sie alle beide diese Haltung hatten,
verschaffte ihm große Schuldgefühle, denn hätte er wohl
je Mrs. Trevors Bekanntschaft gemacht, wenn Louise
Mitchell nicht gewesen wäre? Diesen Job und dazu ein
zeitweiliges Dach über dem Kopf hätte er ohne ihr Zutun
ganz sicher nicht bekommen. Er starrte auf den Zehnfußkrebs zwischen Tang und Korallengeäst hinunter und
wechselte vorsichtig das Thema.

»Ich finde es aber seltsam, daß Sie sich für eine Kreuzfahrt in die Karibik entschieden haben. Ist das nicht ein bißchen wie Eulen nach Athen tragen?«

»Was für höchst unglückliche, abgedroschene Redensarten Sie doch immer benutzen, Cyril«, sagte Mrs. Trevor spitz. »Aber das war ja schon immer so. Und überhaupt, was wissen Sie denn über Kreuzfahrten?«

Als sanfter Mensch, jedenfalls stand er in diesem Ruf, lächelte Cyril nur. Er hätte seine Stelle auf dem Kreuzfahrtschiff erwähnen können, tat es aber nicht, obwohl ihm beim Anblick der Krabbe, die zwischen den hin und her flitzenden schillernden Seedrachen bedächtig seitwärts kroch, die fliegenden Fische wieder in den Sinn kamen, die dem Schiff gefolgt waren, und seine Freundin nebenan, die Klofrau in der Damentoilette, mit ihrer Sammlung von Wassermolchen, die sie für Salamander ausgab. Er erinnerte sich auch an das Essen auf der *Calypso Queen*, dessen Überreste ihnen beiden immer zugekommen waren.

»Die grüne Schildkrabbe«, sagte er versonnen, »mit dem süß schmeckenden Fleisch.«

»Lassen Sie das, bitte. Die größte Freude an diesem Aquarium besteht für mich darin, zu wissen, daß diese unschuldigen Geschöpfe hier vor Fischernetz und tückischem Hummertopf sicher sind. Sie essen doch wohl keinen Fisch, oder, Cyril?«

»Jedenfalls nicht diese Sorte«, erwiderte Cyril mit dem Blick auf eine Art vielarmigen Seepolyp oder Tintenfisch. »Warum ist eigentlich in dem größten Becken nichts?«

»Da hoffe ich, einen Hai reinzubekommen«, sagte Mrs. Trevor. »Vielleicht gar einen *Carcharhinus milberti*. Also, Sie wissen ja, was zu tun ist, nicht wahr, Cyril? Sie schließen um fünf ab, dann kommen Sie rauf und

füttern die unschuldigen Geschöpfe. Die genauen Futter-
anweisungen stehen alle im Buch. Sie schalten das Licht
aus, aber *nicht* die Belüftung, und in bestimmten Fällen
decken Sie das Becken ab. Haben Sie das verstanden?«

Cyril bejahte und wollte wissen, wie das mit dem Putzen der Becken sei? Einige waren, wie er bemerkt hatte,
mit grünen Algen überwachsen, die sogar den Rücken
der Steinkrabbe bedeckten.

»Carlos macht das schon. Das ist Aufgabe eines Spe-
zialisten. Sie wären imstande und würden Persil nehmen.«

Er wußte, daß das mit dem Krabbenfleisch sie geärgert
hatte, und nicht zum ersten Mal schalt er sich wegen seiner Taktlosigkeit. Sie gingen nach unten, und Mrs. Trevor nahm erneut ihren Platz hinter dem Kartenschalter
ein, damit Shana von der Rollschuhbahn wieder an ihre
Arbeit konnte. In dem behaglichen Aufenthaltsraum
hinten im Aquarium fand Cyril das Buch mit den Anlei-
tungen zur »Pflege von Meeres-Kaltblütern, Wirbel- und
Schalentieren« in einem Regal zwischen *Story and
Structure* und Louises Roman *Open Windows*. Aber er
las es nicht, sondern starrte mit leerem Blick auf die Seiten.

Wie immer bei seinen Tagträumereien durchwanderte
er wohlvertrautes Territorium. Eigentlich war Biggs gar
kein so schlechter Name. Besser als Smalls jedenfalls, wo
jeder sofort an die Unterwäschefirma dachte. Zahlreiche
Heilige hatten Cyril geheißen. Das hatte er im Lexikon
nachgeschlagen. Da waren die beiden Kirchenväter
Sankt Kyrill von Jerusalem und Sankt Kyrill von Alexan-
dria. Dann war da Sankt Kyrill, der die Donauslawen
christianisiert und die kyrillische Schrift erfunden hatte.

Nicht jeder kann sich rühmen, seinen Namen mit einem Alphabet gemeinsam zu haben.

War es sein Name, der ihn zur Unscheinbarkeit verdammt, ja schlimmer, ihn zur Zielscheibe des Spottes gemacht hatte? Die Leute lachten, wenn sie hörten, er sei Versichrungsinspektor, als könne jemand mit einem solchen Namen kaum etwas anderes sein. Aber das Unterfangen, seinen Namen zu ändern und einen anderen Beruf zu ergreifen, war mißglückt. »Maxwell Lawrie« klang distinguiert. Eine Zeitlang hatten seine Bücher über Vladimir Klein, den internationalen Spionageagenten, ihm Erfolg beschert und Ruhm versprochen. Doch hatte *Glasnost* alle diesbezüglichen Hoffnungen zunichte gemacht, denn wen interessieren schon Spione, wenn es bald nichts und niemanden mehr auszuspionieren gibt?

Wenn man einmal so lang aus dem Versicherungsgeschäft draußen ist, kommt man nicht mehr hinein, aber Cyril hatte es auch gar nicht versucht. Bevor er nach Southend in Malvinas Meeresmuseum kam, hatte er in einem Hotelzimmer in der Madagascar Road, NW2, das der *Brent Council* für ihn bezahlte, von den Almosen des Spionageautoren-Unterstützungsvereins gelebt. Da hatte er oft gesessen und sich gefragt, was das Schicksal mit einem, der Cyril Briggs hieß, wohl noch vorhatte. Es gab doch bestimmt noch etwas anderes als die Rolle des unscheinbaren kleinen Mannes im Roman, der mit dem schütteren Haar, der häßlichen Frau und den Schuhen, an denen der Dreck der Gangsterviertel hing. Manchmal hatte er das Gefühl, sein Potential nie wirklich ausgeschöpft zu haben, obwohl er nicht wußte, was für ein Potential das sein sollte.

Malvina Trevor machte sich gleich nach Feierabend
auf den Weg nach Southampton. Sie hatte ein graugrünes
Kostüm mit einer Rüschenbluse angezogen. Sobald ihr
Taxi an der Seoul Road um die Ecke verschwunden war,
ging Cyril in den Beckenraum und streute behutsam
Fischfutter in die Becken. Er machte die Lichter aus, aber
nicht die Belüftungs- und Heizungsanlage, und wo ange-
ordnet, deckte er das Becken ab. Es war eine komplizierte
Routine, aber einmal einstudiert, war es ganz einfach. Es
war jeden Tag das gleiche. Von zehn bis fünf saß Cyril am
Kartenschalter. Um halb sechs fütterte er die Fische und
schloß den Beckenraum ab. An zwei Tagen in der Woche
vertrat ihn Shana, und ein paarmal lud Ruta Yglesias ihn
zum Essen ein.

Louise Mitchell war an einem dieser Abende dabei,
denn die Schwestern hatten sich immer gut verstanden;
ihre Mutter war auch da. Ein andermal hatte Ruta ein
paar Leute namens Ann und Roger eingeladen, deren
Nachnamen Cyril genausowenig erfuhr wie den Vornamen des anderen Gastes, Mrs. Greenaway. Aber es war
eine gelungene Party, und zu seinem Erstaunen amüsierte sich Cyril prächtig. Er war von Natur aus eigentlich nicht schwermütig, nur schüchtern und unsicher.
Cyril beschloß, sich vor Malvinas Rückkehr in knapp einer Woche für Rutas Einladung zu revanchieren.

Er war es nicht gewohnt, Dinnerparties zu geben. Tagelang zermarterte er sich den Kopf, was er Ruta, Mrs.
Church und Mavis Ormitage vorsetzen wollte. Nachdem
sich Shana hinter dem Kartenschalter niedergelassen
hatte, schlenderte er über die Uferpromenade von Southend, beäugte skeptisch die Fischstände und ging genauso ratlos und verwirrt zwischen den Kühltruhen im

Presto-Supermarkt umher. Lebensmittel, zumindest diese, waren teuer. Er war entsetzt über die Preise von Krabben und Hummer. Er informierte die Steinkrabbe im Aquarium, was man für ihre Artgenossinnen verlangte, die an den Verkaufsständen ›tafelfertig zubereitet‹ angeboten wurden. Die Krabbe antwortete, indem sie sich seitwärts über den tangbewachsenen Korallenboden davonmachte. Ich möchte wissen, ob sie wirklich einen grünen Rückenschild hat, dachte Cyril, oder ob ihr Rükken so rosarot ist wie bei denen, die ich heute nachmittag gesehen habe. Schwer zu sagen wegen der Algen, die darauf wachsen.

Als Hauptgericht sollte es Pasta geben, und zwar die Sorte, die bei den Italienern *alle vongole* heißt, weil sie mit kleinen Miesmuscheln gemacht wird. Cyril kaufte die Pasta bei *Daleth Foods*, aber natürlich hatten die orthodoxen Juden, die das Geschäft führten, mit Meeresfrüchten nichts im Sinn. Die Muscheln stammten von seinem Lieblingsstand am Meer – es war der billigste –, wo er auch noch eine große tafelfertig zubereitete Krabbe erstand. Cyril mischte das Krabbenfleisch mit Hellmanns Mayonnaise, damit es besser aussah, und alle erklärten es für sehr schmackhaft. Aber als Mavis die Bemerkung machte, es sei ja recht merkwürdig, Krustentiere zu essen, ›wo die hier alle rumschwimmen‹, da wurde ihm doch unbehaglich. Hatte er bei der Auswahl des Menüs einen Fehler gemacht? Stand er jetzt wie ein Idiot da?

»Soll das heißen, Zoowärter müßten Vegetarier sein, Mavis?« fragte Mrs. Church.

Mavis kicherte. »Du weißt genau, was ich meine. Wenn man bei einem Zoowärter eingeladen ist, vermu-

tet man wahrscheinlich nicht, daß man gerade ein Lö-
wenkotelett verspeist, aber hier – na, du weißt schon,
was ich meine.«

Alle wußten es, und Cyril entging nicht, daß Ruta einen Großteil ihrer *vongole* auf dem Tellerrand liegen-
ließ. Was hatte ihn nur dazu veranlaßt, die Zitronen-
schaumcreme zum Nachtisch in einer Fischform zu machen? Wahrscheinlich, weil er die Kupferform in einem
Schaufenster entdeckt hatte, in dem Laden ganz unten an
der Strandpromenade, wo Mr. Cybele antike Töpfe ver-
kaufte. Mr. Cybele hatte ihm die Fischform geliehen,
und der blaßgrüne Stürzpudding sah hübsch aus. Leider
wollte, nachdem Mavis Ormitage das gesagt hatte, niemand davon essen.

Cyril hatte das Gefühl, seine Party sei ein Mißerfolg
gewesen. Das war natürlich nichts Neues. Die meisten
seiner Unternehmungen, ob groß oder klein, waren Miß-
erfolge. Als Carlos am nächsten Morgen mit dem Bek-
kenreinigungsgerät ankam, lenkte ihn das ein wenig von
den unglücklichen Erinnerungen ab. Cyril hängte ein
Schild an die Tür des Aquariums, auf dem stand, daß bis
nach der Mittagspause geschlossen sei. Bevor er wieder
öffnete, inspizierte er die Becken. Das verbesserte Er-
scheinungsbild war recht bemerkenswert. Alles funkelte
und glänzte frisch. Jedes wirbellose Meerestier war ver-
jüngt – mit Ausnahme der Steinkrabbe, deren Rückenschild immer noch von einem dichten grünen Pelz über-
wuchert war.

Der Anblick störte ihn. Während der abendlichen Füt-
terung steckte er einen Finger ins Wasser, berührte die
Schale und stellte fest, daß sich die Algenschicht ganz
leicht mit dem Fingernagel abkratzen ließ. Carlos hatte

das größte Becken in der Mitte des Raumes ebenfalls ge-
reinigt, und Cyril überlegte, während er den Deckel über
der Krabbe schloß, wann wohl der neue Hai ankommen
würde. Vor Malvinas Rückkehr oder danach? In zwei Tagen kam sie wieder. Ruta und Mrs. Church wollten mit
Mrs. Churchs neuem Audi nach Southampton fahren,
um sie abzuholen.

In dieser Nacht schlief Cyril schlecht. Er sah sich als
sozialen Außenseiter. Er dachte über seine Zukunft
nach, die es nach Malvinas Rückkehr nicht zu geben
schien. Am nächsten Morgen wollten eine Menge Leute
ins Aquarium, und man mußte den Einlaß beschränken.
Die Besucher hatten von der Reinigungsaktion erfahren,
und zum ersten Mal sah Cyril eine Schlange am Eingang
stehen. Als um fünf der letzte Besucher gegangen war,
lief er unruhig im Aufenthaltsraum umher, unschlüssig,
was er nun tun sollte, hin und her gerissen von wider-
sprüchlichen Fragen. Dann rannte er plötzlich nach
oben. Er hob den großen, algenbedeckten Zehnfußkrebs
aus dem Becken, trug ihn ins Badezimmer und wusch ihn
unter fließendem Wasser ab. Es war eine Sache von Au-
genblicken. Der Rückenschild der Krabbe war tatsächlich grün, ein reines sanftes Smaragdgrün mit einem seltsamen Muster wie ein Ideogramm in einem dunkellila
Farbton obendrauf.

Behutsam setzte Cyril sie wieder in ihre Behausung.
Die Krabbe zog sich durch ihren Algenwald quer über den
Korallenboden zurück, begleitet von einem Schwarm
kleiner Fische, die funkelten wie Brillanten. Falls Malvina fragte, beschloß er, würde er ihr sagen, es sei während Carlos' Putzaktion passiert. Aber sie würde sich
doch bestimmt darüber freuen! Cyril war auf einmal

brennend darauf bedacht, Malvina zu gefallen, sie mit
Perfektion zu überrumpeln, etwas zu tun, was sozusagen
über das Pflichtmaß hinausging. Lediglich die vorge-
schriebene Arbeit zu erledigen war nicht genug. Er
brachte fast den ganzen Samstag damit zu, Aquarium,
Beckenraum und den Rest des Hauses zu kehren und
staubzusaugen, und am Sonntagmorgen schrieb er für
das größte Becken in schönster Schreibschrift ein Schild:
Carcharhinus milberti, der Sandbank-Hai; dann folgte
eine sorgfältige Beschreibung von Habitat und Lebens-
weise.

Mrs. Trevor kam abends um sieben; sie war genauso
gekleidet wie bei ihrer Abreise. Allein und vor Wut zitternd betrat sie das Aquarium. Cyril hatte erwartet, daß
Ruta und Mrs. Church sie begleiteten, aber offensichtlich hatten sie es vorgezogen, sich dünnzumachen. Malvina warf einen raschen, durchdringenden Blick in jedes
Becken, die Steinkrabbe besah sie sich eingehender. Sie
ging nach oben, und Cyril folgte ihr. Bisher hatte sie kein
Wort gesagt, und Cyril hatte auf seine Fragen nach ihrer
Gesundheit und wie die Reise gewesen sei, keine Antwort erhalten. Im Beckenraum stand sie da und betrachtete die Steinkrabbe; dann drehte sie sich zu Cyril um
und sagte in schrillem Ton: »Was fällt Ihnen eigentlich
ein?«

Die Schuldzuweisung an Carlos vergessend, stam-
melte Cyril, der Krabbe sei doch nichts passiert, im Gegenteil, sie fühle sich nach der Reinigungsaktion anscheinend wohler.

»Kommen Sie mir nicht damit. Bemühen Sie sich gar
nicht erst. Ich weiß, was Sie getan haben. Ruta und ihre
Mutter haben mir alles erzählt von der Meeresfrüchte-

Show, die Sie abgezogen haben – und mit was für Zutaten. Dieser Zehnfußkrebs hier, da bin ich sicher, wurde aus dem Becken in einem der Fischrestaurants am Strand gekauft oder gestohlen. Bei Monterroso höchstwahrscheinlich.«

»Das ist nicht wahr, Malvina. Die lügen. Das würde ich nie tun.«

»Wissen Sie, ich bin ja auch nicht blöde. Es ist ja nicht mal die gleiche Art. Sehen Sie sich doch die Farbe an! Sie sind so dumm, daß Sie nicht mal wissen, daß es nicht weniger als 4500 Krabbenarten gibt, was? Als Sie das unschuldige Geschöpf für ein Mayonnaisegericht geschlachtet haben, dachten Sie wohl, eine Krabbe sei wie die andere. Nun, ich werde die Sache ans Licht bringen. Ich werde die ganze Geschichte in der *Southend Times* veröffentlichen. Ich brauche wohl nicht noch zu sagen, daß ich Ihnen nichts zahle. Ich werde Sie auch nicht als festen Mitarbeiter einstellen, was ich eigentlich vorhatte.«

Cyril überlegte nicht lang. Er zögerte nicht. Er gab ihr einen Stoß, und sie fiel mit einem Aufschrei und einem lauten Platsch ins größte Becken. Wenn er sie dort zappeln sähe, würde er vielleicht weich werden, dachte er, denn er war nie ein hartherziger Mensch gewesen, also legte er den Deckel darauf und ging nach unten hinaus an den Strand. Noch nie im Leben hatte er sich so glücklich, so befreit und so zufrieden gefühlt. Während er im weichen Schlamm am Wasser entlangging, mit der Meeresbrise im Haar, verstand er plötzlich sein Schicksal und die Bedeutung seines Namens.

Er war gar keine Romanfigur, kein Phantasieprodukt, sondern konnte selbst die Literatur inspirieren. Eines Tages würden Bücher über ihn geschrieben werden, über seine Vergangenheit, seine Geschichte, seine Unscheinbarkeit, seine Identitätssuche und seinen Namen: Cyril Biggs, der Meeresmuseumsmörder. Zeitungen würden ihm Schlagzeilen widmen und das Fernsehen ihm einen Sonderplatz in den Sechsuhrnachrichten einräumen. In Madame Tussauds Schreckenskabinett würde er neben einem Wasserbecken stehen, in dem eine Plastiknachbildung seines Opfers schwimmen würde. Er hatte seine Bestimmung gefunden.

In dieser Nacht schlief Cyril so gut wie schon seit Jahren nicht mehr. Shana war an der Reihe, am Kundenschalter zu sitzen. Solche Nachrichten sprechen sich schnell herum, und als er aus einem Fenster im oberen Stock sah, war Cyril nicht überrascht über die Schlange, die sich vom Eingang über die ganze Länge der Uferpromenade hinzog. Kurz darauf schlich er in den Beckenraum.

Er hob den Deckel des größten Beckens nicht ab, sondern drückte sich vorsichtig an der Wand entlang und spähte in die Behausung der Steinkrabbe, spähte durch das glitzernde, unaufhörlich blubbernde jadegrüne Wasser und die funkelnde, makellose Scheibe auf die Menschenmassen unter ihm. Da, aneinandergepreßt um das größte Becken standen Louise Mitchell, Ruta Yglesias, Fenella, Mrs. Church und Mrs. Greenaway, Henry Bennett, der alte Royalist, die drei jüdischen Lebensmittelhändler, Veronica Spencer und ihr Mann Tim, Margaret Cavendish, Jane, ein paar italienische Jungs in T-Shirts und viele andere, die Cyril nicht erkennen konnte. Einige lasen das Schild, das er für den Sandbank-Hai gemacht hatte, aber diejenigen, die dicht herankommen konnten, drückten die Gesichter an die Scheibe, um das, was darin war, zu betrachten.

Es waren wohlerzogene, biedere Bürger, und nachdem jeder sich satt gesehen hatte, riß er sich los und trat zurück, um den hinten Stehenden Einblick zu gewähren. Bei einer dieser Umgruppierungen wurde das Becken für Cyril kurz einsehbar, und er sah darin eine ausladende graugrüne Gestalt treiben, mit sanft in der Wasserströmung pulsierenden Flossen und einer Kragenrüsche wie der Halskrause eines Salamanders.

Eine unerwünschte Frau

»Das ist aber keine Sache für die Polizei.«

Er hatte es vorher zu seiner Frau gesagt, vielleicht auch schon zu dieser Frau. Die Geschichte mit Sophie Grant, bizarr, fast unbegreiflich, lag außerhalb seines Erfahrungsbereiches. Stockkonservativ, überzeugt davon, daß früher alles besser war als heute, neigte er dazu, die dekadenten Zeiten, in denen er lebte, für die Geschehnisse verantwortlich zu machen. Er wiederholte das eben Gesagte und fügte hinzu: »Wir können da gar nichts ausrichten.«

Jennys Freundin, die nicht gerade weinte, aber drauf und dran war, in Tränen auszubrechen oder sogar zu schreien, sagte mit nur mühsam beherrschter Stimme: »An wen soll ich mich denn wenden? Was kann ich denn tun?«

»Ich habe ihr schon geraten, zum Sozialamt zu gehen«, sagte Jenny, »aber Hilary hat recht, die können sie auch nur in Pflege nehmen, das Sorgerecht beantragen.«

»Sie muß doch nicht in Pflege«, sagte Hilary bitter und gehässig. »Sie braucht doch keinen Schutz. Ich bin diejenige, die leidet. Eigentlich müßte man mich in Pflege nehmen und sich um mich kümmern.«

Sie hatte ihre Stimme und sich selbst wieder im Griff. Ihr Weinglas war leer. Sie griff danach und hielt es nach kurzem Zögern hoch. »Tut mir leid, Jenny. Ich *brauche* das. Immerhin ist es ja nicht das harte Zeug.«

Jenny schenkte ihr Frascati nach. Hilary hatte bereits die halbe Flasche geleert. Sie saßen im Wohnzimmer der Burdens in der Glenwood Road in Kingsmarkham. Es war an einem Winterabend kurz nach neun; Weihnachten stand vor der Tür, wie man an den ersten Karten auf dem Kaminsims, Grüßen von Überpünktlichen, sehen konnte. Eine lustig bemalte Holzlokomotive, ein abgewetztes Stoffhäschen und eine in ihre Einzelteile zerlegte Babuschka-Puppe lagen auf dem Teppich verstreut, und Jenny fing an, diese Gegenstände aufzusammeln und in eine Spielzeugkiste zu werfen. Hilary betrachtete sie mit wachsender Verzweiflung.

»Ich weiß, ich bin eine Nervensäge. Ich weiß, ich störe euren ruhigen Abend zu zweit. Es tut mir leid, aber ihr – ach, Jenny – ich habe doch niemanden außer dir. Ich weiß nicht, mit wem ich sonst reden könnte. Außer mit Martin, und er – manchmal glaube ich fast, er ist *froh*. Nun, das stimmt nicht, so was sollte ich nicht sagen, aber als sie noch da war, war sie so ekelhaft zu ihm, daß es jetzt eine richtige Erleichterung für ihn sein muß. Wißt ihr –«, sie wandte sich ab, »ich *schäme* mich so. Darum spreche ich auch mit niemandem darüber, weil ich mich so schäme.«

Burden beschloß, sich etwas zum Trinken zu holen, wenn auch nur, um Hilary Gesellschaft zu leisten. Er nahm sich ein Bier aus dem Kühlschrank. Als er zurückkam, hatte Jenny den Arm um Hilary gelegt, und auf Hilarys Gesicht waren Tränen.

»Wofür solltest du dich denn schämen?«

»Eine Frau, deren Kind nicht bei ihr leben will? Was ist denn das für eine Mutter? Was ist denn das für ein Zuhause? Natürlich schäme ich mich. Die Leute sehen mich an und denken, was wohl in dem Haus vor sich gegangen ist? Bestimmt haben sie sie mißbraucht, bestimmt haben sie sie mißhandelt.«

»Die Leute wissen doch *nichts*, Hilary. Es weiß doch fast keiner was davon. Das redest du dir alles ein.«

»Ich sehe es doch an ihren Blicken.«

Beschwingt von seinem Drink und nachdem er sich mit der Tatsache abgefunden hatte, daß sein Abend verpfuscht war, beschloß Burden, aufs Ganze zu gehen. Es aus erster Hand zu erfahren, obwohl er nichts ausrichten konnte. Es würde nichts dabei herauskommen, außer daß es Hilary Stacey guttun würde, es noch einmal zu erzählen.

Unvermittelt fragte Jenny: »Weiß denn ihr Vater davon?«

»Ihrem Vater wäre es doch egal. Er schreibt ihr alle Jubeljahre mal einen Brief, aber sie hat seit Monaten nichts von ihm gehört.«

»Jetzt erzähl mir mal ganz genau, was passiert ist, Hilary! Jenny hat es mir schon gesagt, aber ich möchte es gern von dir hören.« Er war sich peinlich bewußt, daß er wie ein Polizist daherredete. Andererseits hatte sie ja einen Polizisten *gewollt*. »Erzähl mir alles von Anfang an.«

»Ich dachte schon, du sagst, ›mit deinen eigenen Worten‹, Mike.«

Er neigte den Kopf ein wenig, ohne zu lächeln.

»Entschuldige. Vor lauter Unglück werde ich ganz gemein. Was soll das, bin ich hier beim Psychiater?«

»Das wohl auch«, sagte Burden. Er ging im Kopf seine Gesetzeskenntnisse durch; dabei fielen ihm so vage, geringfügige Vergehen wie Verführung und Erpressung Minderjähriger ein. »Ich brauche harte Tatsachen. Ich

kann dir nichts versprechen, ich bin mir sicher, wir können da nichts tun, aber erzähl mir doch einfach mal, was
passiert ist!«

Sie sah ihm direkt ins Gesicht. Ihre Augen waren von
einem betörenden Türkisblau, groß und auffallend. Es
war offensichtlich, weshalb sie nie Make-up trug, sie
hatte auch so genug Farbe an sich, mit ihrer hellen, rosigen Haut, diesen Augen, dem flachsblonden Haar, glänzend und glatt. Eine Frau mit diesen Attributen müßte
eigentlich gut aussehen, aber Hilary verfehlte das Schön-
heitsideal dadurch, daß sie so ein langes Gesicht hatte,
was ihr einen pferdeähnlichen Ausdruck verlieh. Sie war
sehr dünn, und seitdem sie dieses Problem hatte, war sie
noch dünner geworden.

»Eigentlich fing es an, lang bevor ich Martin heiratete«, sagte sie, »vielleicht schon vor fünf Jahren, als Peter und ich uns scheiden ließen. Ich *wollte* die Scheidung
ja nicht, weißt du, ich wollte mein Leben lang verheiratet
bleiben. Ich weiß, es hört sich wie Selbstmitleid an, aber
es war nicht meine Schuld, wirklich nicht, ich wurde da
hineinmanövriert. Peters Freundin war schwanger. Ich
wollte die Scheidung trotzdem nicht, aber ich kämpfte ja
auf verlorenem Posten! Ich wußte, er würde nie zurück-
kommen.

Damals war Sophie neun. Sie verkündete lauthals, daß
sie Peter haßte. Sie erzählte allen, er habe ›uns‹ verlassen,
nicht, er habe mich verlassen. Sie wußte Bescheid über
Monica, seine Freundin, und sagte immer, ihr Vater habe
Monica uns vorgezogen. Nun, monatelang wollte sie Peter nicht sehen, aber allmählich kam sie darüber hinweg.
Das lag an dem Baby, vermute ich. Er war ihr Halbbruder,
und die Vorstellung, einen Bruder zu haben, gefiel ihr. Es

machte ihr bald Spaß, die Wochenenden mit Peter und Monica und dem Baby zu verbringen. Monica muß ich zugute halten, daß sie sehr nett zu ihr war, und natürlich war es nicht die gleiche Situation wie bei einem Kind, das auf ein neues Geschwisterchen eifersüchtig ist.

Offen gestanden, ich glaube nicht, daß das alles passiert wäre, wenn Peter und Monica hiergeblieben wären. Ich bin sicher, es hat viel mehr damit zu tun, daß sie nach Amerika gegangen sind als mit meiner Heirat mit Martin. Peter bekam diesen Job, und ohne Zweifel war es das einzig Richtige für ihn. Sophie war ihm sowieso immer mehr oder weniger gleichgültig gewesen; Monica war viel netter zu ihr als ihr Vater, und ich glaube, es machte ihm nichts aus, daß er seine Tochter jahrelang nicht sehen würde. Er hätte es sich leisten können, ihr den Flug nach Washington zu bezahlen, aber er tat es nicht.

Es war ein harter Schlag für sie. Noch ein Schlag. Nun gut, du wirst wahrscheinlich sagen, meine neue Heirat war die dritte. Aber was soll eine Frau wie ich denn machen, Mike? Ich war doch mit Sophie auf mich allein gestellt, ich hatte einen Ganztagsjob, und die Schulferien waren ein einziger Alptraum. Also begann ich, halbtags zu arbeiten, und selbst das war mir zu viel, und als mir schließlich alles über den Kopf wuchs, verliebte ich mich in Martin und er sich in mich. Ich sage dir, es war wie ein Traum, wie etwas, das man gar nicht zu träumen wagt, weil es sowieso nie geschieht, so etwas Wunderbares geschieht einfach nicht. Aber es geschah. Ein netter, liebevoller, kluger, erfolgreicher, gutaussehender Mann war in mich verliebt und wollte mich heiraten und hatte meine Tochter gern und konnte sie sich als seine Tochter vorstellen, und alles war wunderbar.

Und sie, Sophie, dachte das auch. Sie war glücklich, sie war gespannt. Ich glaube, sie betrachtete Martin als wunderbaren neuen Freund, ihren so gut wie meinen. Natürlich paßten wir vor ihr sehr auf, sie war dreizehn, das ist ein sehr schwieriges Alter. Lange habe ich Martin sogar nicht einmal erlaubt, mich in ihrer Gegenwart zu küssen, und wenn, dann gab er ihr jedesmal auch einen Kuß.

Wir haben geheiratet, und sie war bei der Hochzeit total begeistert. Am nächsten Tag begann sie ihn zu hassen. Sie verabscheute ihn. Sie versuchte alles, um uns auseinanderzubringen, sie tischte uns über den anderen Lügen auf, von wegen sie hätte Martin mit einer anderen Frau gesehen, oder ich hätte einen anderen Mann am Telefon ›Liebling‹ genannt, oder ich hätte Jenny gesagt, ihn wegen seines Geldes geheiratet zu haben. Doch, *tatsächlich*. Das hältst du nicht für möglich, was? Als sie einsah, daß sie uns nicht auseinanderbringen konnte, tat sie das, was du ja weißt – ging weg und quartierte sich bei Ann Waterton ein. Dort ist sie jetzt, und dort hat sie vor zu bleiben, sagt sie.

Ich habe sie angefleht, ich habe sie inständig gebeten, ich habe sogar versucht, ihre Rückkehr zu erpressen. Ich habe Ann Waterton beschworen, ich war bei ihr, ich habe sogar alles schriftlich dargelegt, ihr Briefe geschrieben. Gerechterweise muß ich sagen, Ann hat sie überhaupt nicht angestachelt; sie ist eben einsam, sie hat Sophie gern um sich, aber sie hat ihr gesagt, sie sollte doch wieder nach Hause gehen. Jedenfalls behauptet sie das. Aber Sophie tut es nicht. Sie hat einen Schlüssel für Anns Haus, sie kommt und geht, wie es ihr paßt, und sie ist sehr lieb zu Ann, sorgt für sie. Im Gegensatz zu Ann kocht sie gern, und sie kocht ihnen feine Sachen. Sie bringt Ann das Frühstück ans Bett, bevor sie zur Schule geht.

Ich habe Ann gebeten, die Türschlösser auswechseln zu lassen, aber das tut sie nicht; sie meint, dann würde Sophie eben auf der Straße übernachten, und vermutlich hat sie recht, dazu wäre Sophie imstande. Sie würde sich in Decken wickeln und sich auf die Gartenmauer setzen oder in Anns Garage schlafen.«

Burden sagte: »Hast du sie gefragt, was sie eigentlich will?«

»O ja.« Hilary Stacey lachte verbittert auf. »Ich habe sie gefragt. ›Schick Martin weg‹, sagt sie, ›dann komme ich nach Hause.‹«

»Was hat ihr der Bursche denn getan?« fragte Chefinspektor Wexford.

Es war einen Tag später, und er und Burden waren unterwegs nach London. Donaldson chauffierte, und Wexford und Burden saßen auf dem Rücksitz. Der Zweck ihrer Fahrt war es, zwei Männer zu vernehmen, die im Verdacht standen, an dem Einbruch in der Barclay's Bank auf der Kingsmarkham High Street vor einer Woche beteiligt gewesen zu sein. Der eine wohnte in Hackney, den anderen konnte man um die Mittagszeit gewöhnlich in einer Kneipe in Hanwell antreffen. Burden hatte gerade die Geschichte mit Sophie Grant erzählt.

»Nichts«, erwiderte er. »Da bin ich sicher. Oh, ich weiß, man kann nie wissen. Es ist Blödsinn, zu sagen, ich kenne den Burschen, ich war mal bei ihm zum Essen eingeladen, ich weiß, so einer ist das nicht. Die Männer, bei denen man's am wenigsten erwartet, sind so. Aber ich meine, er hatte ja gar keine Zeit dazu. Er hatte keine Zeit und keine Gelegenheit dazu. Er und Hilary Grant, wie sie damals hieß, waren frisch verheiratet, hatten ein gemeinsames Schlafzimmer – das war doch Teil des Problems. Sophie blieb drei Wochen da, dann ging sie weg.«

»Aber Sie sagten doch, sie mochte den Kerl ganz gern, bevor er ihre Mutter heiratete?«

»Ich vermute, sie wußte es eben nicht, es war ihr nicht klar. Sie war fast vierzehn, aber ihr war nicht klar, daß ihre Mutter mit Martin Stacey in einem Bett schlafen würde. Und ich bin mir sicher, es gab Küsse und Zärtlichkeiten und Berührungen in ihrer Gegenwart – na, bestimmt gab es das.«

»Sie dachte, es sei eine Heirat aus purer Kameradschaft, wollen Sie das damit sagen? Ja, kann ich mir vorstellen. Die Mutter war sicher sehr vorsichtig, *bevor* sie verheiratet war; kein körperlicher Kontakt, wenn das Mädchen da war, ganz sicher kein gemeinsames Schlafzimmer, keine Gutenachtküsse. Und dann, nach der Hochzeit, eine Art Explosion der Sinnlichkeit, Mutter und Stiefvater sehen keine Notwendigkeit mehr, ihre Leidenschaft zu zügeln. Denn es hatte alles seine Ordnung, nicht wahr, sie waren ja *verheiratet*, es war respektabel, gar nichts Ungebührliches. Ein Schock für das Mädchen, meinen Sie nicht?«

»Nach dem, was Hilary sagt, lief es ungefähr so ab.« Burden begann, im Geiste die Tatsachen und Details zusammenzufügen, wie Hilary Stacey sie ihm berichtet hatte. »Sophie scheint ihm gewaltig zugesetzt zu haben. Hat ihn angeschrien, beschimpft, hat sich dann geweigert, überhaupt mit ihm zu reden. Das ging eine Woche so, und eines Abends kam sie eben von der Schule nicht mehr nach Hause. Hilary hatte gar keine Zeit, sich Sorgen zu machen. Sophie rief an, um ihr mitzuteilen, sie sei bei Mrs. Waterton und habe die Absicht, dort zu bleiben.«

»Wieso ausgerechnet bei Mrs. Waterton?« fragte Wexford.

»Das ist auch ein interessanter Punkt. Sophie ist ein sehr intelligentes Kind, gut in der Schule, immer eine der drei Besten. Sie hilft viel in der Gemeinde mit, macht Alten- oder Trauerbesuche, solche Sachen. Sie kauft für sie ein und leistet ihnen Gesellschaft. Da ist eine Blinde, die sie besucht und der sie die Zeitung vorliest. Außerdem macht sie Babysitter – unter anderem bei uns –, und früher hat sie mal Zeitungen ausgetragen, aber ihre Mutter hat das unterbunden; meiner Ansicht nach zu Recht, so etwas ist gefährlich, selbst in einer Gegend wie der unseren.

Ann Waterton ist Mitte Sechzig. Sie hat im Frühjahr ihren Mann verloren, und offensichtlich war das ein schwerer Schlag für sie. Kinder hatten sie keine. Sophie ging nach der Schule immer zu ihr, eigentlich nur um ein bißchen zu reden. Sie haben sich anscheinend sehr gut verstanden.«

»Mädchen in diesem Alter«, sagte Wexford, »verstehen sich oft sehr viel besser mit einer älteren Frau als mit ihrer eigenen Mutter. Ich nehme an, diese Ann Waterton ist auf Draht – ich meine, sie hat einer lebhaften Vierzehnjährigen wohl etwas zu bieten?«

»Hilary sagt, sie ist pensionierte Lehrerin. Die letzten paar Jahre haben sie und ihr Mann an der Abendschule studiert, aber nach seinem Tod hat sie es aufgegeben. Sie hat auch eine Zeitlang für den *Kingsmarkham Courier* die Naturrubrik geschrieben.«

Wexford sah unschlüssig drein. Der Wagen hatte sich in die Autoschlange vor der Zahlstelle am Dartford-Tunnel eingereiht. Sie mußten sich auf eine lange Warterei gefaßt machen. Burden sah auf die Uhr, ein ziemlich sinnloses Unterfangen.

»Etwa einen Monat nach George Watertons Tod kam Sophie eines Abends zu Besuch. Es war etwa neun, aber immer noch hell. Sie hatte das Fahrrad dabei. Hilary Stacey und Ann Waterton wohnten etwa eine Meile voneinander entfernt, Hilary in der Glendale Road – Sie wissen ja, die Straße neben uns – und Mrs. Waterton in Coulson Gardens. Sophie konnte sich bei Mrs. Waterton anscheinend nicht bemerkbar machen, aber da die hintere Tür offen war, ging sie hinein, in der Annahme, sie über einem Buch oder am Fernseher eingeschlafen vorzufinden.

Sie fand sie auch, in einem Sessel im Wohnzimmer; es sah aus, als schliefe sie. Auf dem Tisch neben ihr stand ein leeres Tablettenfläschchen und ein Wasserglas, das anscheinend Brandy enthalten hatte. Sophie reagierte äußerst geistesgegenwärtig. Sie verständigte den Notarzt und rief ihre Mutter an. Damals hatte Hilary Martin Stacey natürlich noch nicht geheiratet, obwohl sie es vorhatte und die Hochzeit schon auf August festgesetzt war.

Hilary war als erste da. Ihr und Sophie gelang es, Ann Waterton auf die Füße zu stellen, und sie gingen mit ihr auf und ab, schleppten sie vielmehr, bis der Krankenwagen kam. Wie wir ja wissen, waren sie noch rechtzeitig gekommen, und Ann Waterton erholte sich wieder.«

Wexford fragte unvermittelt: »Gab es einen Abschiedsbrief?«

»Ich weiß nicht. Hilary hat nichts davon gesagt. Offenbar nicht. Ihr und Sophie war sehr daran gelegen, daß es nicht wie ein Selbstmordversuch aussah, sondern als hätte sie versehentlich eine Überdosis genommen.«

»Also ganz schön indiskret, es Ihnen zu erzählen, nicht?« meinte Wexford spöttisch. »Warum hat sie es Ihnen gesagt?«

»Ich weiß nicht, Reg. Vermutlich gehörte das zu dem Gesamtbild. Sie wußte, ich würde es nicht herumposaunen.«

»Sie haben es aber *mir* erzählt. Und Donaldson ist ja auch nicht taub.«

»Schon gut, Sir«, sagte Donaldson, zweifellos um damit anzudeuten, daß er ein Muster an Verschwiegenheit sein würde.

»Ich kann mir vorstellen, alle wußten es«, sagte Wexford. »Oder konnten es sich denken. Und danach wurden sie und diese Mrs. Waterton enge Freundinnen, stimmt's? Es lag also nahe, daß das Mädchen ins Haus in Coulson Gardens abhauen würde.« Er sann eine Weile nach, während der Wagen gemächlich auf eines der Zahlhäuschen zufuhr. »Die Mutter könnte vielleicht gerichtlich das Sorgerecht erwirken oder sich eine Aufsichtsverfügung ausstellen lassen«, sagte er. »Sie könnte doch versuchen, die Vormundschaft zu bekommen. Eine richterliche Überprüfung zur Inhaftnahme läßt sich da wohl kaum durchsetzen.«

»Das will sie nicht; das kann man ja verstehen! Sie will, daß das Mädchen wieder bei ihr wohnt. Sophie steht außerhalb ihrer Verfügungsgewalt, stimmt, das heißt, ihre Mutter kann sie nicht in dem Sinn beeinflussen, daß sie wieder nach Hause kommt, aber sie hat ja nichts angestellt, sie hat kein Gesetz gebrochen.«

»Die Gefahr«, sagte Wexford, »bei so einer Sorge-

rechtsverfügung für jemanden außerhalb der Verfügungsgewalt war vielleicht, daß die betreffende Person,
das heißt Sophie Grant, verpflichtet wird, bei einer namentlich erwähnten Person zu leben – und nehmen wir
mal an, diese namentlich erwähnte Person wäre Ann Waterton?«

Der Wagen setzte sich auf der Autobahn Richtung London in Bewegung.

Von der hohen, ziemlich bedrohlich wirkenden Blendmauer aus Steinblöcken erhoben sich dreizehn Türme.
Aus Bogenlampen überflutete sie gleißendes Licht und
ließ deutlich den wolkigen, rauchigen Himmel dahinter
erkennen, violett, stockfinster, sternlos. Im Rittersaal,
der vor ungefähr sechshundert Jahren das Dach verloren
hatte und sich in den schweren, mit Regen drohenden
Himmel öffnete, fand gerade ein Konzert mit elisabetha-
nischer Musik statt, ging gerade noch rechtzeitig zu
Ende, dachte Burden, bevor der Himmel seine Schleusen
aufmachte. Er saß unter den Zuhörern in der zweiten
Reihe, denn Jenny sang im Chor mit.

Es war sein erster Besuch auf Myland Castle, einer Art
Festungsanlage (so stand es im Programmheft), wie man
sie im Europa des zwölften Jahrhunderts erstmals gebaut
hatte.

Es war eine riesige Festung, in der sich die Überreste
von Torwegen, Rüstkammern und Küchen und Räumen
mit Tonnengewölben und sogenannten Innenbögen befanden. Burden interessierte sich mehr für die Burg als für
das Konzert. Seiner Meinung nach war es bereits zu spät
im Jahr für Freilichtaufführungen jedweder Art. Der
Abend war eher feucht und klamm als wirklich kalt, aber

es war doch ganz schön kühl. Das Publikum kauerte sich in Schafspelzen und Anoraks zusammen.

Ihm war schleierhaft, weshalb sich die Veranstalter diesen Ort ausgesucht hatten. Allein die Größe mußte ausschlaggebend gewesen sein, denn die Akustik war so schlecht, daß das Cembalo kaum hörbar war und die süßen, melodiösen Stimmen in den Himmel zu schweben schienen, wo sie in etwa sechzig Metern Höhe zweifellos gut zu hören waren. Während ein Solist das letzte Lied anstimmte: »Doch Amaryllis tanzt im Grün«, ließ Burden den Blick über die Mauerzinnen und Stege zwischen den Türmen schweifen. Von der anderen Seite der Blendmauer aus, wo mächtige Stützpfeiler steil in grüne Abhänge und einen ausgetrockneten Burggraben abfielen, mußte man einen herrlichen Ausblick haben. Eventuell würde er im Frühjahr wiederkommen und Mark mitnehmen. Wenn ihn die Aussicht auch nicht interessierte, würde es ihm doch Spaß machen, die Hänge hinunterzutollen; so etwas machte Kindern doch immer Spaß.

Begeisterter Applaus. Vor Erleichterung, die sind froh, daß es vorbei ist, dachte Burden, der Philister. Jenny kam auf ihn zu, legte ihre eiskalte Hand auf seine und sagte: »Man hat nichts gehört, stimmt's?«

Burden grinste. »Man hat nicht so viel gehört, wie man hätte sollen.« Er war erstaunt und erfreut, als er feststellte, daß es noch nicht einmal neun war. Die Zeit war langsam vergangen. Er nahm den Arm seiner Frau, und sie rannten auf den Wagen zu, als der Regen einsetzte.

Wegen des extrem jugendlichen Alters ihres Babysitters hatte er, als sie das erste Mal kam, einige Bedenken gehabt. Daß Sophie Grant ihre Mutter in der Nachbarschaft anrufen würde, falls es Grund zur Aufregung gab, beruhigte ihn sehr. Nachdem sie das Kind dreimal gehütet hatte, vertraute er ihr genauso, wie er einer dreimal so alten Person vertraut hätte. Sie mochte vierzehn sein, sah aber aus wie siebzehn. Es war absurd, überlegte er sich, während er ins Wohnzimmer ging, im Zusammenhang mit ihr an Sorgerechtsverfügungen zu denken, zu meinen, sie hätte Beaufsichtigung oder Schutz nötig.

Sie saß auf dem Sofa, neben sich ihre Bücher, und schrieb auf unliniertem Papier, das an einem Klemmbord befestigt war, einen Aufsatz. Ihre Schrift war kräftig, gut leserlich, leicht vorwärtsgeneigt. Sie sah auf und sagte: »Ich habe keinen Mucks gehört. Ich bin dreimal rauf, und er hat tief geschlafen.« Sie lächelte. »Mit seinem Häschen. Er und sein Häschen sind unzertrennlich.«

»Möchtest du einen Drink, Sophie?« Da fiel Jenny ein, daß sie ja ein Kind war. Das vergaß man leicht. »Ich meine, heiße Schokolade oder eine Tasse Tee oder so?«

»Nein, danke, ich muß jetzt sowieso gehen.«

»Was sind wir dir schuldig?«

»Neun Pfund, bitte, Jenny, drei Stunden zu drei Pfund je Stunde. Ich habe um halb sieben angefangen, glaube ich.« Sophie sprach mit forscher, sachlicher Stimme, ohne eine Spur von Schüchternheit. Sie nahm den Schein entgegen und gab Jenny eine Pfundmünze heraus.

Burden brachte ihren Mantel. Es war ein dunkelblauer Dufflecoat, und in ihm sah sie sofort ein paar Jahre jünger aus. Sie war wieder ein Schulmädchen, groß, ziemlich tolpatschig, mit olivenfarbener Haut und dunkelhaarig, das lange, glatte Haar hinter die Ohren gestrichen. Ihre Gesichtsform und die blauen Augen hatte sie von ihrer Mutter, aber sie war hübscher. Sie packte die Bücher und das Klemmbord in eine etwas abgewetzte Mappe.

»Ich begleite dich nach Hause«, sagte Burden. Es war zwar nur um die Ecke, aber heutzutage konnte man nie wissen. Er hatte einen Augenblick vergessen, wo jetzt ihr Zuhause war. Sie sagte: »Coulson Gardens. Das ist ein langer Weg.«

Sollte er ihr widersprechen? Sich mit ihr streiten? »Dann fahre ich dich.«

Im Wagen war ihnen unwohl zumute. Oder besser, Burden war unwohl zumute. Das Mädchen schien ganz gelassen. Es war die Feigheit, dachte er, die ihn davon abhielt, etwas zu sagen. Hatte er etwa Angst vor einer Vierzehnjährigen?

»Wie lang willst du das eigentlich noch so weitertreiben, Sophie?« fragte er.

»Was weitertreiben?« Sie würde ihm nicht entgegenkommen.

»Daß du bei Mrs. Waterton wohnst, daß du dich weigerst, nach Hause zu deiner Mutter zu gehen.«

Einen Moment dachte er, sie würde sich seine Einmischung verbitten. Sie tat es nicht. »Ich habe mich nicht geweigert, nach Hause zu gehen«, erwiderte sie. »Ich habe gesagt, ich komme wieder, wenn er weg ist. Wenn sie ihn fortschickt, komme ich nach Hause.«

»Hör auf damit, er ist doch ihr Mann.«

»Und ich bin ihre Tochter. Jetzt bist du vorbeigefahren, Mike, es ist das Haus mit dem roten Törchen. Sie liebt ihn, aber mich liebt sie nicht. Warum soll ich bei jemandem wohnen, der sich nichts aus mir macht?«

Sie sprang aus dem Wagen, noch bevor er ihr die Tür öffnen konnte. Eine kleine, schmale Frau mit kurzem grauem Haar sah aus einem der vorderen Fenster, der Vorhang hing ihr über die Schulter. Sie lächelte, winkte

169

kurz mit flatternden Fingern. Burden dachte, ich kann das nicht einfach auf sich beruhen lassen, ich muß diese Gelegenheit ausnutzen.

»Was hat dir Martin Stacey denn getan? Warum magst du ihn nicht? Er ist ein ganz netter Kerl, er ist doch in Ordnung.«

»Wegen ihm hat sie mich betrogen. Sie haben mir was vorgemacht. Sie haben beide so getan, als würde er für uns sorgen und für uns Geld verdienen und uns *beide* gern haben, nicht nur sie, nicht bloß mit ihr zusammensein wollen. Und sie hat so getan, als sei ich für sie der wichtigste Mensch auf der Welt. Das war alles falsch, alles gelogen. Ich war gar nichts wert. Er hat mich erniedrigt, und ihr hat das *gefallen*.« Sie sprach mit leiser, angespannter Stimme, die sich fast wie Knurren anhörte. Dann machte sie eine Pause, holte tief Luft und sagte: »Danke fürs Herbringen, Mike. Gute Nacht.«

Sie lief den Gehweg entlang, die Tür wurde ihr aufgemacht, aber Mrs. Waterton war nicht zu sehen.

Auf der Rückfahrt dachte er, die Frau ist genauso dran beteiligt wie das Mädchen. Wieso gibt sie ihr ein Zimmer? Wieso füttert sie sie durch? Sie sollte eine Weile weggehen, das Haus abschließen. Das täte sie, wenn sie Verantwortungsgefühl hätte. Er sagte etwas in diesem Sinn zu seiner Frau.

»Ach, überleg doch mal, Mike, wie sehr das Ann Waterton gefallen muß. Sie war ganz allein, hatte keine Kinder, wahrscheinlich nicht viele Freunde. Man gibt sich nicht gern mit Witwen ab, sagt man. Und dann kommt plötzlich eine fertige Enkelin daher, die sie ihrer eigenen Mutter und ihrem eigenen Zuhause sogar *vorzieht*. Ich behaupte ja nicht, daß sie Sophie direkt zugeredet hat, aber ich möchte wetten, sie hat keine ernsthaften Versuche gemacht, sie nach Hause zu schicken. Es muß ihr neuen Lebensschwung verliehen haben. Sah sie denn glücklich aus?«

»Kann schon sein«, sagte Burden.

»Na also. Und vor einem knappen halben Jahr wollte sie noch Selbstmord begehen.«

Es dauerte zwei Wochen, bis er Sophies Mutter wiedersah. Sie verbrachte den Abend bei Jenny, da Martin Stacey auf einer längeren Geschäftsreise war.

»Er ist froh, von mir weg zu sein, glaube ich. Nichts als Schwierigkeiten, seit wir verheiratet sind. Natürlich hatte er eine Engelsgeduld, aber wie lang ist das durchzuhalten? Ich jammere ständig, weine jeden Tag, rege mich andauernd auf, das hält er doch nicht ewig aus. Aber jetzt weiß ich, was ich mache. Sag du's ihm, Jenny. Sag ihm, was ich tun will.«

Jenny sagte trocken: »Wenn man den Feind nicht schlagen kann, muß man sich mit ihm verbünden. Hilary hatte die Idee, am besten wäre es, sich mit Ann Waterton anzufreunden.«

»Ich streite mich nicht mehr mit ihr, ich sage ihr nicht mehr, sie soll Sophie nach Hause schicken, und ich drohe ihr nicht mehr.«

»Drohen?« sagte Burden und horchte auf.

»Damit meine ich nur, daß ich ihr gesagt habe, ich würde ihr durch eine einstweilige Verfügung den Kontakt mit Sophie untersagen. Ich glaube nicht, daß ich das gemacht hätte. Aber nun habe ich beschlossen, sie zu *mögen*. So wie ich das sehe, bleibt mir gar nichts anderes übrig. Und wenn es klappt – nun ja, das ist alles noch völlig in der Luft, aber ich dachte, dann könnten wir doch alle zusammenwohnen. Wenn Sophie so versessen auf die alte Ann ist, wäre doch die Lösung, wir tun uns alle zusammen. Wir verkaufen die Häuser und kaufen ein großes Haus für uns alle.«

Burden dachte, bestimmt ist es nicht so, daß Sophie besonders »versessen« auf Mrs. Waterton wäre, sondern daß sie besonders un-versessen auf ihren Stiefvater ist. Das wollte er aber nicht laut sagen. Ihm fiel auf, daß Hilary Stacey durch die ganze Sache nicht gerade aus den Fugen geriet, sich aber doch recht seltsam benahm.

»Also, was ist?« sagte Jenny. »Lädst du sie jetzt zum Tee ein? Fährst du sie im Auto spazieren?«

»Sie kann selbst Auto fahren«, sagte Hilary gereizt. »Es ist mein voller Ernst, Jenny, hier geht es um mein Leben, um meine ganze Zukunft. Man kann sagen, ich habe mein einziges Kind verloren.«

Jenny schenkte ihr noch ein Glas Wein ein.

»Ich sehe das so«, sagte Hilary, »wenn meine Tochter jemanden so gern hat, kann ich sie doch auch gern haben. Schließlich standen wir uns mal sehr nahe, Sophie und ich, wir mochten die gleichen Dinge, hatten den gleichen Kleidergeschmack, mochten die gleichen Speisen. Die alte Ann muß doch was haben, das mir gefällt. Und sie hat es auch, sie hat es. Ich sehe jetzt, daß viel mehr an ihr dran ist, als ich zunächst glaubte. Ich dachte, es schmeichelt Sophie eben – weißt du, eine Art Ersatzoma, die ihr schöntut und ihr sagt, wie hübsch und gescheit und erwachsen sie sei, so was, aber Ann ist eine intelligente Frau, sie ist sehr gebildet. Ich muß ihr einfach ein bißchen mehr entgegenkommen.«

»Ich möchte wissen, was der arme Teufel von einem Ehemann dazu sagen wird«, bemerkte Wexford, als Burden ihm all das berichtete, »wenn eine überzählige Schwiegermutter mit ihm zusammenlebt.«

»›Zusammenlebt‹ wohl kaum«, wandte Burden ein, »und soweit ist es ja noch nicht. Ich für meinen Teil glaube auch nicht, daß es dazu kommen wird.«

»Gibt ihre Mutter ihr denn Geld? Bekommt sie Taschengeld?«

»Ich weiß nicht. Ich habe nie danach gefragt.«

»Da muß ich an eine Szene aus *Die letzte Chronik von Barchester* denken«, sagte Wexford, der wieder mal seinen Trollope las. »Der Archidiakon weiß nicht mehr, wie er mit seinem aufsässigen Sohn fertigwerden soll. Seine Tochter fragt ihn, ob er ihm Geld zukommen läßt, und als er bejaht, sagt sie: ›Ich würde ihm sagen, daß das von seinem Betragen abhängt.‹«

»Funktioniert das?« fragte Burden, wider Willen interessiert.

»Nein«, erwiderte Wexford etwas bekümmert. »Nein, es funktioniert nicht. Ich würde das auch nicht erwarten, jedenfalls nicht bei einer intelligenten Person, Sie etwa?«

Ermittlungen über einen Überfall auf einen Radfahrer führten Wexford und Sergeant Martin auf Myland Castle. Es war der vierte in einer Serie von derartigen Überfällen, alle anscheinend ohne Motiv, denn die Geldsumme, die die Radfahrer bei sich trugen, war unerheblich. Dreimal war es Männern passiert, einmal einer Frau. Zwei von den Überfällen trugen sich tagsüber zu, zwei nach Einbruch der Dunkelheit. Das einzige erkennbare Muster war, daß die Überfälle jedesmal brutaler wurden; beim ersten wurde die Frau lediglich vom Rad gestoßen und das Fahrzeug so zerstört, daß es vorerst nicht zu gebrauchen war, aber beim vierten hatte das Opfer mit Knochenbrüchen und einer gerissenen Milz auf die Intensivstation eingeliefert werden müssen.

All diese scheinbar sinnlosen Gewalttaten hatten sich in der Gegend um Myfleet-Myland zugetragen, die letzte auf dem Radweg, der von der Myfleet Road zum Dorf Myland verlief und an der Außenseite des Burggrabens vorbeiführte. Wexford hatte das Burgpersonal bereits vernommen. Der Zweck dieses zweiten Besuchs war die nochmalige Überprüfung eines der Führer. Zwei Angestellte, die das Südtor und das Drehkreuz am Eingang bewachten, behaupteten, das Opfer gesehen zu haben, das häufig auf dem Weg radelte, aber nur ein Führer gab zu, vielleicht den Täter gesehen zu haben. Kurz bevor die Burg um vier für den Publikumsverkehr geschlossen wurde, hatte er in der einbrechenden Dämmerung an der Blendmauer zwischen den beiden Südtürmen gestanden.

Es war ein schöner Tag, eine sonnige Insel von einem Tag in einer nebligen, verregneten Woche, und die Besucherzahl auf Myland Castle war eher wie im Hochsommer als an einem durchschnittlichen Dezembertag. Während Martin sich mit der Frau am Drehkreuz unterhielt, durchquerte Wexford auf der Suche nach dem Führer den Rittersaal. Die Zwei-Uhr-Führung dauerte noch fünf Minuten. Wexford bemerkte die etwa zehnköpfige Gruppe oben auf den Zinnen; der Führer deutete gerade über die Wiesen auf die Kirche von Myland, wo sich die Gräber der Burgherren befanden.

Während er wartete, begab sich Wexford zu den Ruinen einer Kapelle und eines Saales, die im Innenhof lagen. Das Ganze war eher eine ganze Stadt als nur ein Wohnsitz gewesen, mit Torhäusern und Baracken, Armenhäusern und Höfen. Von dem Durchgang, dem er folgte, führte eine Treppe auf die Blendmauer; er stieg hinauf und kam in der frischen Luft, aber auch im tiefen Schatten wieder heraus. Man konnte auf diesem Laufgang um die Zinnen herumgehen, indem man gelegentlich in den Geschütztürmen Stufen auf- und abstieg. Die Mauer auf der Innenseite war ziemlich hoch und reichte ihm bis zur Mitte, an der Außenseite war sie jedoch niedriger und mit Zinnen versehen. Trotzdem war der Pfad breit, die Mauer so hoch wie ein Kind, und selbst ein waghalsiger Erwachsener hätte sich vornüberbeugen und das Gleichgewicht verlieren müssen, um hinunterzufallen.

Schrecklich, hier hinunterzufallen, dachte Wexford. Die Zinnen waren wie Klippen, aber ohne das barmherzige Meer darunter. Sie wirkten sogar noch höher durch den Burggraben, einen viereinhalb Meter tiefen Graben, der an der Nordseite an der abschüssigen Burgmauer hinunterverlief. Er spazierte gemächlich weiter und behielt dabei den Führer, Peter Radcliffe, und seine Gruppe im Auge, die nun unter dem mächtigen Bollwerk des Turmes standen, der das Torhaus flankierte.

Er war nicht allein auf dem Laufgang. Er hörte, wie eine Gruppe von Kindern hinter ihm die Treppe hochkam und sah etwa sechs bis acht Meter vor ihm zwei Frauen an der inneren Treppe im ersten Südturm auftauchen. Bestimmt redete er es sich nur ein, daß die jüngere der beiden Frauen, als sie ihn sah – und die anderen hinter ihm – ihrer Begleiterin etwas zuflüsterte und sie auf dem gleichen Weg kehrtmachten. Wahrscheinlich hatten sie sowieso umkehren und auf der sonnenbeschienenen Seite zurückgehen wollen. Ein tiefer, kalter Schatten lag zwischen ihnen und Wexford.

Er lief schneller den Weg entlang. Hinter dem Geschützturm war Sonne, und sie schien ihm warm und angenehm ins Gesicht. Die beiden Frauen waren immer noch vor ihm, und als er beobachtete, wie sie sich unterhielten und bisweilen über die Felder deuteten oder den Reiseführer studierten, den die ältere bei sich hatte, wußte er, wer sie waren. Das war vielleicht übertrieben. Er erriet, wer sie sein könnten, er *glaubte* es zu wissen. Das hell leuchtende Haar der einen verriet es ihm und ihre ziemlich auffallenden blauen Augen, außergewöhnlich blau und klar, so wie Burden sie beschrieben hatte. Als bemerkte sie seinen aufmerksamen Blick, drehte sie sich um, und diese Augen fixierten ihn mit ihrem blauen Leuchten.

Die andere Frau war klein und schmächtig, hielt sich kerzengerade, war vielleicht fünfundsechzig und hatte kurzes graues Haar. Hilary Stacey und Ann Waterton. Er war sich so sicher, daß er nicht gezögert hätte, sie mit Namen anzusprechen. Im Torhausturm führte die Haupttreppe zum Ausgang hinunter. Er sah, wie sie den Turm durch den Torbogen betraten, und als er dort angekommen war, gingen sie gerade hinunter. Ratcliffes Gruppe tauchte gleich danach auf und strebte ebenfalls über die Treppe dem Ausgang zu. Wexford drückte sich an die Wand, um sie vorbeizulassen, und als der letzte durch war, kam Ratcliffe breit lächelnd und beflissen wieder nach oben.

»Zeit fürs Kopfzerbrechen?« sagte er. »Man sagte mir, ich sollte Ihnen bei den Ermittlungen helfen.«

Er sprach es belustigt aus, mit deutlichen Anführungszeichen um die letzten Worte. Wexford sagte ernst: »Vielleicht können wir ein Stückchen den Laufgang entlanggehen, Mr. Ratcliffe, zu der Stelle, von der aus Sie den Täter gesehen haben.«

Ein Nachbar verständigte die Polizei. Es war an einem Freitag um neun Uhr. Er ging in seinen Vorgarten hinaus und hörte einen Motor laufen. Das einzige Auto in der Nähe stand verschlossen in Ann Watertons Garage. Er öffnete das Garagentor und sah als erstes einen Schlauch, der vom Auspuff durchs Fahrerfenster führte.

Er schaltete den Motor ab und zog Ann Waterton heraus. Als er ihr den »Kuß des Lebens« gab, wie der alte Mann die Mund-zu-Mund-Beatmung nannte, zeigte sich keine Wirkung. Sie war tot. Als die Polizei kam, fand sie das Haus unverschlossen, aber leer. Auf dem Eßzimmertisch lag in einem zugeklebten Umschlag mit der Aufschrift »An den Coroner« ein, wie man folgerte, Abschiedsbrief.

»Wo war das Mädchen?« fragte Wexford, als er am nächsten Tag davon erfuhr.

»Auf einem Schulausflug nach London«, sagte Burden. »Anscheinend ein Theaterbesuch. Etwas von Shakespeare, das sie gerade durchnahmen. Sie fuhren mit einem Reisebus und waren erst um halb zwölf wieder in Kingsmarkham.«

»Und als Sophie erfuhr, was passiert war, ist sie endlich nach Hause zur Mutter zurückgekehrt?«

»Anzunehmen.«

Bei der gerichtlichen Untersuchung wurde auf den Tatbestand erkannt, daß Ann Waterton in geistiger Umnachtung Selbstmord begangen hatte. Der Abschiedsbrief, in der kräftigen, runden, unauffälligen Handschrift der Volksschullehrerin, wurde laut vorgelesen. »Ich kann nicht mehr. Das Leben ist zu einer sinnlosen Farce geworden. Ich bin jetzt völlig allein ohne die Aussicht, daß die Dinge sich ändern könnten. Ich bin uner- wünscht, eine nutzlose Frau, ein unnützer Ballast für meine Umwelt. Es ist für alle Beteiligten besser so und viel besser für mich selbst. Ann Waterton.«

»Völlig allein?« sagte Burden zu Jenny. »Sie hatte doch Sophie, oder nicht?«

»Sophie ging doch nach Hause zurück.«

»Was, du meinst, bevor das alles passiert ist, hatte So- phie vor, wegzugehen? Wieder nach Hause zu gehen? Hat sie schließlich doch nachgegeben?«

»Das hat Hilary bei der Verhandlung ausgesagt. Der Coroner fragte sie nach ihrer Tochter, die bei Ann lebte, und sie sagte ihm, daß Sophie zurückkäme. Sie erzählte mir im Vertrauen, sie und Sophie hätten sich ein paarmal ausgesprochen. Sie hatten ein Gespräch zusammen mit Ann und einige unter vier Augen, und das Fazit war, daß Sophie einwilligte, bis Weihnachten wieder nach Hause zu kommen, zwar ein paar Bedingungen stellte, aber der Kernpunkt war, daß sie nach Hause kam.«

»Bedingungen?« Burden setzte sich sein Söhnchen aufs Knie. Er stellte sich nicht zum ersten Mal die Frage, wie er sich in zehn Jahren wohl fühlen würde, wenn die- ses Kind, sein Augapfel, kurzerhand seine Sachen packen und bei jemand anderem einziehen würde. »Was für Be- dingungen?«

»Ach, sie sollten das Dachgeschoß in eine Wohnung für sie umbauen. Es ist ein ziemlich großes Haus. Sie wollte eine eigene Küche und ein eigenes Badezimmer haben. Hilary hat sicher ja gesagt. Sie hätte fast zu allem ja gesagt, um Sophie wiederzubekommen.«

»Und wußte Ann Waterton das?« Mark hielt seinem Vater ein Buch unter die Nase und wollte, daß er ihm daraus vorlas. »Ja, einen Moment, gleich les ich dir vor, ich versprech's dir, gleich.« Er wandte sich an seine Frau: »Sie wußte es; das meinte sie mit ›völlig allein‹ und ›eine unerwünschte Frau‹ zu sein, oder?«

»Das nehme ich an. Es ist ziemlich schlimm, aber niemand kann etwas dafür. Du darfst nicht vergessen, wäre das Mädchen damals nicht zu ihr gegangen, dann wäre Ann Waterton sowieso tot. Sie wäre eben ein halbes Jahr früher gestorben. Sie war fest entschlossen, sich umzubringen.«

Burden nickte. Mark hatte das Buch aufgeschlagen und deutete ziemlich hartnäckig auf das erste Wort in der ersten Zeile. Sein Vater begann, ihm das neueste Abenteuer von *Postbote Pat* vorzulesen.

»Anthony Trollope«, sagte Wexford, »schrieb etwa fünfzig Bücher. Eine ganze Menge, nicht wahr? Eines davon, kein besonders bekanntes, heißt *Cousin Henry*. Ich habe es gerade ausgelesen.« Er bemerkte den Ausdruck auf Burdens Gesicht. »Ich weiß, es langweilt Sie. Ich würde es Ihnen auch nicht erzählen, wenn ich es nicht für wichtig halten würde.«

»Wichtig?«

»Nun, vielleicht nicht wichtig. Interessant. Bedeutend. Es machte mich nachdenklich. Trollope würde man ja im allgemeinen nicht für einen Psychologen halten.«

»Zu alt dafür, nicht?« sagte Burden unbestimmt. »Ich meine, die Psychologie war doch vor unserem Jahrhundert bestimmt noch nicht erfunden.«

»Das würde ich nicht behaupten. Die Psychologie gab es doch schon immer, das heißt, bevor jemand ihr einen Namen gab. Wie, äh, zum Beispiel die Sprachwissenschaft. Und ›erfunden‹ ist nicht ganz der richtige Ausdruck. Entdeckt.«

Es war am Ende eines Arbeitstages. Sie saßen an einem Tisch im eleganteren Teil der Bar im *Olive and Dove.* Zuvor hatte Wexford jemanden verhaftet, nämlich Peter Radcliffe, den Führer von Myland Castle. Seine Überfälle auf die Radfahrer konnte er nur unzureichend begründen, obwohl er sie alle zugegeben hatte. Die Erklärung, die er Wexford gab, war seltsam, sie ließ beinahe vermuten, der Mann sei geistesgestört. Seine tägliche Anwesenheit auf der Burg, jahraus, jahrein, Tag für Tag, hatte ihn zu einer merkwürdigen Identifikation mit ihren früheren Verteidigern verleitet. Diese zwang ihn zum Angriff auf diejenigen, die er als Eindringlinge betrachtete. Vielleicht wäre es nur eine Frage der Zeit gewesen, bis ihm die zahlenden Besucher im gleichen Licht erschienen wären und er einem von ihnen etwas angetan hätte.

Wexford war sich nicht sicher, ob er das glauben sollte oder nicht. Kein Gericht würde es glauben. Burden hatte ihn mit ungläubiger Abscheu angestarrt, als Wexford Ratcliffes Worte wiederholt hatte. Deshalb – unter anderem deshalb – hatte er, um das Thema zu wechseln, von *Cousin Henry* angefangen.

»Haben Sie Geduld mit mir«, sagte er, »während ich Ihnen die Handlung kurz umreiße.« Burden machte keine direkten Einwände. Sein Gesicht war ein fleischgewordener Seufzer. Wexford sagte: »Ich verspreche Ihnen, es ist wichtig.« Er fügte hinzu: »Es wird sogar aufregend.«

Burden nickte. Er blickte versonnen in sein Bier.

»Der alte Gutsherr stirbt«, begann Wexford, »und hinterläßt das ganze Vermögen seinem Neffen Henry. Wenigstens scheint es so, alle glauben das, und Henry tritt sein Erbe an. Dann findet er ein neueres Testament, in dem alles seiner Kusine Isabel überschrieben wird. Das Beste, was Henry tun kann, ist, das Testament zu vernichten, aber das tut er nicht. Er wagt es nicht. Er versteckt es an einem Ort, von dem er glaubt, daß niemand es dort findet, nämlich in einem Buch in der Bibliothek, einem Buch, das so langweilig ist, daß es bestimmt nie jemand herunterholt und aufschlägt. Wieso vernichtet er es nicht? Er hat Angst. Es ist ein offizielles Schriftstück, fast etwas Geheiligtes, es übt eine seltsame Macht über ihn aus, es ist beinahe so, als fürchte er sich vor einer unbekannten Strafe. Wenn er es jedoch vernichtet – eine ganz einfache Sache, obwohl Henry sich bei diesem Unterfangen schreckliche Schwierigkeiten ausmalt – wenn er es tut, ist ihm auf ewig alles sicher und er der unbestrittene Besitzer. Aber er kann es nicht vernichten, er wagt es nicht. Psychologie, nicht wahr? Manche Menschen verhalten sich so, es ist unerklärlich, absurd, aber so verhalten sie sich nun mal.«

»Kann schon sein. Tausende hätten es getan. Es vernichtet, meine ich. Die meisten.«

»Nicht die Gesetzestreuen. Nicht die braven Bürger. Jemand wie Sie würde es nicht tun.«

»Ich hätte es gar nicht erst geklaut. Worum geht es hier eigentlich? Sie sagten doch, es ginge um etwas Bestimmtes.«

»Ach ja. Die Stacey-Grant-Waterton-Affäre, darum geht es.«

Burden sah ihn überrascht an. »Da gibt's aber gar kein Testament, soviel ich weiß.«

»Ein Testament nicht«, meinte Wexford, »aber eine andere Art von Schriftstück. Einen Abschiedsbrief.«

Wexford schwieg einen Augenblick, um sich an Burdens Gesichtsausdruck zu weiden, einer Mischung aus Ungläubigkeit und offener Bestürzung. »Ich gebe Ihnen jetzt ein Szenario«, sagte er. »Ich gebe Ihnen jetzt eine Alternative zu dem, was tatsächlich passiert ist, nämlich daß es einer einsamen, unglücklichen Frau endlich gelingt, sich selbst das Leben zu nehmen.«

»Wozu brauchen wir eine Alternative zu den Tatsachen?«

»Dann hören Sie sich eben eine Theorie an. Ann Waterton hat gar nicht Selbstmord begangen. Sie hatte keinen Grund, Selbstmord zu begehen. Sie war ja glücklich, glücklicher, als sie seit dem Tod ihres Mannes je gewesen war. Sie hatte eine zärtliche, bezaubernde Enkelin gefunden, für die es nichts *Schöneres* auf der Welt gab, als bei ihr zu wohnen.«

»Moment mal«, sagte Burden. »Sophie hat wohl bei ihr gewohnt, aber ein Ende war abzusehen. Sie ging zurück nach Hause. Sie ging zu ihrer Mutter und ihrem Stiefvater zurück.«

»Wirklich? Von wem wissen wir das denn außer von Hilary Stacey?«

»Sie hat beim Coroner unter Eid ausgesagt.«

»Hmm«, machte Wexford. »Wollen Sie noch was trinken?«

»Ich glaube nicht. Ich würde gern den Rest von Ihnen hören.«

»Also gut. Tatsache ist, daß wir keine weiteren Hinweise auf Sophies Heimkehrabsicht haben als Hilary Staceys Aussage.«

»Sophie selbst. Sophie könnte es vermutlich bestätigen!«

Wexford lächelte ziemlich geheimnisvoll. »Hilary Stacey ist ihre Mutter. Sie mag wohl über Kreuz mit ihr gewesen sein, aber ich glaube nicht, daß sie ihre eigene Mutter ins Kittchen bringen würde.«

»Ins Kittchen?«

»Angenommen, Hilary Stacey hat Ann Waterton umgebracht? Ich habe die beiden vor ungefähr zehn Tagen auf Myland Castle gesehen. Ich habe sie aufgrund von Ihrer Beschreibung erkannt. Wenn ich nicht da gewesen wäre, wenn nicht so viele Besucher da gewesen wären, eine außergewöhnlich große Zahl für Dezember, aber es war ja auch ein außergewöhnlich schöner Tag, dann, denke ich, hätte Hilary – ja, es ist eine nachträgliche Einsicht – Ann von der Mauer gestoßen. Es wäre ein Unfall gewesen, es hätte ganz so ausgesehen. Aber die Umstände haben das verhindert.

Drei Tage danach ging Sophie auf Klassenfahrt nach London ins Theater. Hilary war oft im Haus in Coulson Gardens gewesen, es wäre nichts Ungewöhnliches gewesen, am Abend dort vorbeizuschauen. Als nächstes gab sie Ann eine starke Dosis Schlaftabletten. Sie hat wahrscheinlich für beide einen Drink gemacht und ihr die Pillen reingetan. Ann war eine kleine, schmächtige Frau; mir schien, sie wog nicht mehr als neunzig Pfund. Hilary Stacey dagegen ist groß und kräftig und nicht älter als – was? Siebenunddreißig? Achtunddreißig? Sie trug Ann durch die Verbindungstür vom Haus in die Garage, setzte sie auf den Fahrersitz und installierte die Sache mit dem Schlauch und dem Auspuff.

Wahrscheinlich nahm sie an, Sophie würde die Leiche finden. Ein unangenehmer Gedanke. Keine Mutter würde ihrem Kind das antun? Vielleicht nicht. Vielleicht hatte Hilary ja die Absicht, später selbst zurückzukommen und die Leiche zu entdecken. Schließlich hat aber der Nachbar Ann Waterton gefunden.«

Burden sagte: »Es paßt nicht zusammen, Reg. Sie vergessen den Abschiedsbrief. Ann hat ein Schreiben an den Coroner hinterlassen.«

»Ich vergesse ihn nicht. Der Abschiedsbrief ist das Kernstück von allem. Wir müssen ausholen bis letzten Mai oder Juni oder wann das war. Ann Waterton hat versucht, sich umzubringen, aber der Versuch wurde von Sophie Grant und ihrer Mutter vereitelt. Es gab keinen Abschiedsbrief – oder doch? Hat irgend jemand von der Existenz eines Abschiedsbriefs erfahren? Oder andersherum, ist die Existenz eines solchen Briefes bestritten worden? Setzen wir mal voraus, es gab einen solchen Brief. Auf dem Kaminsims oder in Anns Kleidertasche oder neben ihrem Bett. Denken Sie dran, Selbstmörder, besonders Selbstmörder im eigenen Haus, hinterlassen fast immer einen Brief.«

»Ja, aber darüber haben wir doch schon gesprochen. Das erste Mal wollten Hilary und Sophie es geheimhalten, daß es einen Selbstmordversuch gegeben hatte. Ann zuliebe.«

»Was reden Sie da, Inspektor Burden? Sie als Polizist! Wollen Sie damit sagen, sie *vernichteten einen Abschiedsbrief* nur, um den guten Ruf einer Frau zu schützen, die damals lediglich eine Bekannte war? Nein, das wollen Sie natürlich nicht, und das taten sie natürlich nicht. Es ist tatsächlich gut möglich, daß Sophie nichts von dem Brief wußte, aber daß Hilary, als sie sah, um was es sich handelte, ihn an sich genommen hat.«

»Ihn aber nicht vernichtet hat?«

»Nein, nein. Denken Sie an Cousin Henry. Sie nahm ihn. Sie konnte nicht vorhersehen, daß sie je eine Verwendung für ihn haben könnte, Ann hatte ihr damals nichts getan, und nichts deutete darauf hin, daß sie ihr etwas tun würde. Sie nahm ihn, wie ich schon sagte, und las ihn, wie auch Cousin Henry das Testament seines Onkels las und beschloß, niemandem etwas davon zu erzählen. Ann war noch rechtzeitig gefunden worden, Ann würde überleben. Übrigens, ich möchte behaupten, der Brief steckte damals in einem Umschlag, war aber *nicht zugeklebt*. Hilary klebte ihn später zu.

Sie bewahrte ihn auf. Nicht aus Bosheit damals, sondern einfach, weil er nun ein offizielles Schriftstück war, ein Schriftstück von großem Gewicht und von Bedeutung, beinahe geheimnisumwoben. Vielleicht dachte sie auch, sie würde ihn Ann eines Tages zurückgeben. Ann wäre wieder glücklich, und sie würden – erwartete sie das etwa? – zusammen darüber lachen. Aber ich glaube, der wahre Grund, warum sie ihn aufbewahrte, war der gleiche wie bei Cousin Henry, sie hatte *Angst*, ihn zu vernichten. Und weshalb sollte sie? Einfacher als ihn zu vernichten war es doch, ihn in ein Buch zu legen, so wie Cousin Henry das Testament verborgen hatte, in ein Buch, das niemand im Haus je lesen, ja nicht einmal herausnehmen oder ansehen würde.

Im Falle von Cousin Henry waren es Jeremy Taylors Predigten. Welches Buch Hilary Stacey benutzte, werden wir nie erfahren, und es tut auch nichts zur Sache. Vielleicht bewahrte sie den Brief ja auch in einer Schublade bei ihrer Unterwäsche auf.

Aber der Besitz des Abschiedsbriefs gab ihr die Idee zu Ann Watertons Ermordung. Nachdem sie Ann in den Wagen gesetzt hatte, brauchte sie nur den Brief auf den Tisch zu legen und, nachdem sie sich vergewissert hatte, keine Fingerabdrücke hinterlassen zu haben, nach Hause zu gehen und darauf zu warten, daß man die Leiche entdeckte.«

Burden, der dem letzten Teil schweigend und mit gesenktem Kopf gelauscht hatte, sah nun auf. Er schüttelte leicht den Kopf, jedoch mehr aus Verwunderung über menschliche Verderbtheit als weil er an dem, was Wexford ihm gesagt hatte, zweifelte. Vielleicht stimmte es ja, Hilary Stacey war wirklich wütend gewesen, wirklich verzweifelt. Er stellte fest, daß er sie eigentlich nie gemocht hatte.

»Das werden Sie niemals beweisen können«, sagte er, und während er es aussprach, war er sicher, daß Wexford ihm zustimmen würde. Wexford würde ihm wehmütig zulächeln, sich ins Unvermeidliche schicken. Sein Chef überraschte ihn aber immer wieder.

»Ich werde mir jedenfalls verdammt viel Mühe geben«, sagte Wexford.

Einen trinken zu gehen war eigentlich nicht Burdens Art. Noch nie gewesen. Er war ein treuliebender Ehemann und schätzte sein trautes Heim. Auf jeden Fall wollte er sein Söhnchen noch sehen, bevor Mark schlafen ging, wollte ihn wenn möglich selbst zu Bett bringen. Wenn die Schankstunden noch von gußeiserner Regelmäßigkeit diktiert wären, anstatt nun von der Lust und

Laune des Wirts abzuhängen, dann hätte er um zehn vor fünf mit Wexford kein Bier trinken können. So war er also noch recht früh dran, obwohl der Abend schon so finster war, als sei es mitten in der Nacht. Er ging zu Fuß nach Hause und dachte über Hilary Stacey nach. Er bedauerte es, daß sie Jennys Freundin gewesen war. Wie sehr, fragte er sich, lag Jenny an ihr? Und sollte er Jenny überhaupt von dem allem etwas sagen?

Vielleicht war es am besten, abzuwarten, zu sehen, was sich entwickelte und wie Wexford vorankam. Es würde ein Punkt kommen, wo er wüßte, daß es Zeit war, das Schreckliche, die unvorstellbaren Machenschaften aufzudecken. Er fand Jenny in einem Sessel am Kaminfeuer, mit dem Kind auf den Knien. Mark war im Schlafanzug und trug einen blauen, klassisch geschnittenen Bademantel mit marineblauen Paspeln und einem seidenen Schlinggürtel. Jenny las ihm vor, diesmal Beatrix Potter – die Geschichte mit der Katze, die in ihrem Taschentuch eine Maus fängt, aber die Maus entkommt durch ein Loch. Mark war ganz verrückt auf Literatur, bald würde er selbst lesen können. Burden sah eine ziemlich düstere Zukunft vor sich, mit einem Sohn, der ständig über Bücher redete.

Mark rutschte von Jennys Schoß und kam zu seinem Vater herüber. Ein weiteres Abenteuer von einem hinterhältigen Räuber oder unternehmungslustigen Nagetier wurde verlangt. Während Burden die Sammlung auf dem Bücherregal durchsah, klingelte es an der Haustür.

Nach Einbruch der Dunkelheit ging er bei unerwartetem Besuch immer selbst an die Tür. Man konnte ja nie wissen. Er trat in den Flur hinaus, Jenny kam mit dem Jungen hinterher und hielt ihn an der Hand, denn er war eigentlich schon zu schwer zum Tragen. Burden machte auf, und das Mädchen kam herein. Sie trat rasch ein und blieb einen Augenblick im Hausflur stehen, in jeder Hand einen Koffer.

»Da bin ich«, sagte Sophie lächelnd. »Ich koche für euch, ich passe auf Mark auf, ich mache euch keine Umstände. Du brauchst nicht mitzukommen, Mike, ich bringe die gleich rauf ins Extrazimmer.«

GOLDMANN

Frauen lassen morden

»Marlowes Töchter« (Der Spiegel) *schreiben
Spannung mit Pfiff, Intelligenz und dem sicheren
Gefühl dafür, daß die leise Form des Schreckens
die wirkungsvollere ist.*

Robyn Carr, Wer mit dem
Fremden schläft   42042

Melodie Johnson Howe,
Schattenfrau   41240

Doris Gercke, Weinschröter,
du mußt hängen   9971

Ruth Rendell,
Die Werbung   42015

Goldmann · Der Taschenbuch-Verlag

WDR

Im

Zeitalter der

Fernbedienung

eine gute

Orientierung.

WDR. Mehr hören. Mehr sehen.